Alle Rechte liegen bei der Autorin.
©Susanne Hottendorff 2013
Foto: fotolia.de
www.susanne-hottendorff.com

Ähnlichkeiten mit lebenden oder verstorbenen Personen sind rein zufällig und nicht beabsichtigt.

Bibliografische Information der Deutschen Nationalbibliothek.
Die Deutsche Nationalbibliothek verzeichnet diese Publikation in der Deutschen Nationalbibliografie; detaillierte bibliografische Daten sind im Internet über http://dnb.d-nb.de abrufbar.

Herstellung und Verlag:
Books on Demand GmbH, Norderstedt
Printed in Germany

ISBN: 978-3-732249-80-0

Mord
und andere
mystische Geschichten

Susanne Hottendorff

Mord
und andere
mystische Geschichten

Inhaltsangabe:

7	*24 Stunden bis zum Neuanfang
17	*Kluntjes zum Abend
25	*Die rüstigen Mütter
41	*Brunhilde
55	*Die Reisetasche
61	*Tiefgarage
69	*Wichteln
75	*Mittel zum Zweck
81	*Weihnachten
87	*Zur geselligen Mitte
93	*Im Kaufhaus
101	*Ein ganz besonderer Abend
113	*Glücksmomente eines Tages
117	*Die Autorin – Infos

24 Stunden bis zum Neuanfang

Philip saß, wie jeden Morgen nach dem Frühstück, vor seinem PC im Büro des kleinen Reihenhauses. Die Zeit seines letzten großen Erfolges lag schon eine Ewigkeit zurück. Hoch gelobt hatte die Presse seinen letzten Krimi, als bester Debütschriftsteller des Jahres wurde er gehandelt. Aber heute? Tag für Tag sitzt Philip und starrt auf seinen Monitor, aber die erlösende Idee für einen neuen Plot will sich nicht einstellen. Giselle, seine Frau seit knapp zwanzig Jahren, hatte alles versucht um ihn zu motivieren. Aber auch sie schaffte es nicht, genauso wenig wie der Literaturagent, mit dem Philip zusammen arbeitete. Wenn der Autor nicht bald etwas Neues zu Papier bringen würde, wäre er die längste Zeit in aller Munde gewesen.
„Ich mach mich auf den Weg, mein Schatz. Sei kreativ. Bis heute Abend!", drang es an Philips Ohr.
Giselle hat es nicht einmal für nötig gehalten, zu ihm ins Büro zu kommen um sich zu verabschieden.
„Bis später!", konterte der mutlos gewordene Ehemann.
Ein plötzliches und ungewohntes Geräusch drang an sein Ohr. Es klang wie ein Ding mit einem Echo und es kam aus dem PC. Der Monitor allerdings war wie immer, kein Hinweis war zu erkennen. Philip ignorierte es und öffnete den Krimi-Ordner und fixierte die ersten Zeilen, die unter der Überschrift Mord am Abend standen. Plötzlich erklang erneut dieses eigenartige Geräusch, jetzt allerdings begleitet von einer fies grinsenden Maske, die auf lindgrünem Untergrund schwarz glänzend auf der Mitte des Monitors erschien. In der Mitte stand die Zahl 24.

Dann öffnete sich ein Auge der Maske und daraus kam ein Stückchen Papier mit einer Nachricht: Schaue in deinen Briefkasten. Du hast genau 3 Minuten Zeit. Dann kommt die nächste Botschaft. Beeile dich, sonst stirbt deine Frau. Dann waren die Nachricht und die Maske verschwunden und man hörte das Ticken einer Uhr. Philip blicke wie versteinert auf den Monitor. Dann sprang er auf, rannte aus dem Büro zur Haustür und hinaus in den Vorgarten. Er entnahm dem Briefkasten einen weißen Umschlag und rannte zurück in sein Büro, die Tür fiel mit einem lauten Knall ins Schloss, dass die Scheiben wackelten. Noch auf dem Rückweg riss Philip den Umschlag auf und entnahm ein Foto eines ihm unbekannten Mannes. Schnaubend setzt er sich wieder vor seinen Computer und versuchte ruhig durchzuatmen. Das Foto in der linken Hand und die rechte Hand auf dem Herzen, die Anspannung legte sich jedoch nicht. Dann ertönte wieder dieses Geräusch und die Fratze erschein auf dem Bildschirm. Ein höhnischen Lachen ertönte, dann öffnete sich eine neue Nachricht: Töte diesen Mann. Du hast 24 Stunden Zeit. Sonst stirbt deine Frau. Auf der Rückseite des Fotos findest du Hinweise! Aus. Der Bildschirm war schwarz. Die Fratze verschwunden. Philip dreht vorsichtig das Foto um, so als könnten die Bildpunkte verrutschen. Dort standen eine Adresse und eine Uhrzeit. Julius-Leber-Straße Nummer 11, 21 Uhr. Philip war total verunsichert. Schweißtropfen rannen über sein Gesicht und tropften auf den Kragen seines Hemdes. Zögernd griff der Autor zum Telefon und wählte die Mobilnummer seiner Frau. Es meldete sich ihre Stimme, jedoch von der Ansage der Mailbox. Philip wollte gerade aufstehen, als erneut die

Grimasse auf dem Monitor erschien. Eine verzerrte Stimme erklärte: Jetzt sind es nur noch 23 ½ Stunden. Beeil dich, denke an deine Frau! Töte ihn! Die Gedanken überschlugen sich, alles geriet aus den Fugen. Philip stolperte von seinem Bürostuhl auf und ging in Richtung Ausgang. Auf dem Weg griff er sich seine Jacke, sein Handy, den Autoschlüssel und seine Brieftasche, die auf dem kleinen Schränkchen auf dem Flur lag. Apathisch öffnete er die Tür, ging vorsichtig einen Schritt hinaus und stieß im selben Moment gegen einen unbekannten Gegenstand, der am Boden auf der Fußmatte lag. Philip schaute sich nach allen Richtungen suchend um, nichts erschien ungewöhnlich. Schnell bückte er sich und nahm das Paket an sich und ging zurück ins Haus. Er riss das braune Packpapier auf und entnahm einen kleinen unscheinbaren Karton. Der Deckel ließ sich leicht öffnen, darin lag ein Revolver. Fast hätte Philip die Waffe fallen lassen. Mechanisch griff er danach und steckte den Colt wie selbstverständlich in seine Jackentasche. Dann verließ er das Haus und stieg in seinen Wagen.

Die Julius-Leber-Straße lag etwa zwanzig Autominuten von seinem Haus entfernt. Das Haus Nummer 11 lag nun direkt vor ihm. Er parkte seinen Wagen und stellte den Motor aus, dabei ließ er die Haustür des gelben Einfamilienhauses nicht aus den Augen. Wer dieser Mann wohl war? Warum sollte er ihn töten? War seine Frau in Gefahr? Er blicke ängstlich auf die Digitaluhr in seinem Auto. Nur noch knapp 22 Stunden, ging es durch seinen Kopf! Tatsächlich öffnete sich die Haustür und ein Mann näherte sich dem davor geparkten BMW. Philip duckte sich unweigerlich in Fond seines Wagens, so wie er es schon unzählige Male in Filmen gesehen hatte, wenn Detektive Personen observierten. Der Unbekannte stieg in seinen Wagen ein, schmiss den Motor an und fuhr los. Philip folgte dem Fahrzeug, ohne sich darüber Gedanken zu machen. Die Fahrt ging quer durch die Stadt, scheinbar ziellos, bis der Wagen dann in die Einfahrt einer Tiefgarage fuhr. Philip folgte ihm nach einigen Momenten und parkte seinen Wagen nur wenige Meter neben dem BMW. Der Fremde stieg aus und Philip folgte ihm. Sollte er ihn schon hier erschießen? Jetzt sofort? Plötzlich auftauchende junge Leute beendeten seine Gedanken, denn Zeugen konnte Philip nicht gebrauchen. Ein Vibrieren in der Hosentasche meldete einen Anruf auf seinem Telefon an. Philip zog vorsichtig das Telefon aus der Tasche und schaute auf das kleine Display. Unbekannter Anrufer! Natürlich nahm der erfolglose Autor das Gespräch entgegen. Die Stimme seiner Frau war zu hören.

„Philip, du musst den Mann töten. Sonst töten sie mich! Philip, bitte, keine Polizei. Töte den Mann!"
Dann wurde die Verbindung unterbrochen. Zitternd stand der besorgte Ehemann vor der Fahrstuhltür. Der Unbekannte war verschwunden. Frustriert kehrte Philip zu seinem Auto zurück und verließ das Parkhaus wieder. Er fuhr zurück nach Hause zu seinem Computer. Kaum hatte er den Wagen abgestellt rannte der Autor ins Haus und schaltete den Rechner ein. Die Minuten vergingen wie Stunden, dann erschien die Grundmaske, aber keine neue Nachricht, keine Fratze und Philip war fast so etwas wie enttäuscht. Ein erneuter Versuch seine Frau telefonisch zu erreichen, blieb erfolglos. Entmutigt schloss Philip die Augen und dachte angestrengt nach. Sollte er diesen

unbekannten Mann töten? Was geschah, wenn er einfach alles ignorierte? Was hatte er denn damit zu tun? Wenn Giselle nun ermordet wurde? Plötzlich öffnete er die Augen und begann einen perfiden Plan zu durchdenken. Wenn er nichts tat, einfach alle Aufforderungen ignorierte, was würde dann geschehen? Er wäre wieder frei. Giselle hatte eine ziemlich hohe Lebensversicherung, die er selbst abgeschlossen hatte. Eine Million Euro. Liebte er seine Frau noch? Könnte er nicht auch ohne Giselle weiterleben? Blockierte sie ihn nicht sowieso bei der Arbeit? Er schüttelte sich, erhob sich vom Stuhl und ging im Büro auf und ab. Ein hämisches Grinsen erklang aus dem Lautsprecher des PCs. Sofort setzte sich Philip wieder vor den Monitor. Aber es war nur der grüne Untergrund und eine große 19. Nur noch 19 Stunden, dann lief das Ultimatum ab. Wenn er diesen unbekannten Mann ermorden wollte, dann musste es heute Abend um neun Uhr passieren. Ein Morgen würde es nicht geben. Philip wurde durch das Klingeln seines Telefons jäh aus den Gedanken gerissen. Am anderen Ende der Leitung war Ruth, die beste Freundin seiner Frau. Viel zu viel Gerede, um nichts, dachte Philip und versuchte das Gespräch so schnell wie möglich zu beenden. Er erfand eine Ausrede, seine Frau sei einige Tage bei ihren Eltern zu Besuch und käme erst am Wochenende zurück. Damit war Ruth zufrieden und Philip legte den Hörer auf. Ohne den Rechner auszuschalten verließ der Krimiautor sein Haus und setzte sich ins Auto. Die Nachbarn, die zufällig nach vom Einkaufen nach Hause kamen, entdeckte ihn und drehten sich winkend zu ihm um. Philip bemerkte die Freunde allerdings nicht. Er hatte nur die Uhr im Kopf, die unaufhörlich weiter lief. Tick. Tick. Tick. Philip konnte an nichts anderes mehr denken. Er starte den Motor und fuhr mit quietschenden Reifen davon. Die beiden von Gegenüber schüttelten ihre Köpfe über solch eine Rücksichtslosigkeit.

Philip stand nun schon seit vier Stunden vor dem Haus Nummer elf in der Julius-Leber-Straße. Er hatte den Unbekannten weder kommen noch gehen gesehen. Alles war still. Dann, es war 20.45 Uhr, sah er ihn, wie er winkend aus der Haustür seines Hauses kam. Er rief noch etwas, was für Philip allerdings unverständlich blieb. Dann stieg er in seinen BMW und fuhr davon. Philip folgte ihm. Die Fahrt führte ihn quer durch die Innenstadt in ein abgelegenes Gebiet, in dem sich überwiegend große Lagerhallen und Industriebetriebe befinden. Der BMW fuhr an die Rückseite einer Lagerhalle und hielt an. Philip wartete in Sichtnähe mit laufendem Motor und ausgeschalteten Scheinwerfern. Dann stiegt der Fremde aus, sah sich suchend um und betrat durch eine kleine Metalltür die Halle. Philip folgte ihm, die Waffe hatte er in der Hand, er war bereit sie zu benutzen. Vorsichtig und extrem leise näherte er sich der Tür, die einladend offen stand. Drinnen war es schwarz wie die Nacht. Seinen Atem hatte Philip nicht mehr unter Kontrolle, sein Herz raste und die Hände waren klitschnass. Philip atmete tief aus und trat einen Schritt nach vorne, hinein in die Halle. Die Waffe im Anschlag war er angespannt und auf alles gefasst, auf fast alles. Man hörte einen Knall. Dann war Ruhe.

Giselle kam gegen 23 Uhr nach Hause. Es war ein anstrengender Tag gewesen. Der erste Weg ging daher nach oben und unter die Dusche. Das Badehandtuch noch in der Hand, hörte sie, wie die Haustür geöffnet wurde. Schritte folgten, die die Treppe hinauf führten.

„Bist du es? Ist alles klar gegangen?", fragte Giselle und kämmte sich gerade ihre langen Haare.

Es blieb still. Auch waren die Schritte verstummt. Giselle machte sich plötzlich Sorgen. Sollte da etwas nicht nach Plan verlaufen sein? Langsam wurde die Badezimmertür geöffnet, Giselle hatte sie nur angelehnt, nicht zugezogen.

„Lass das, komm rein!", forderte sie den hinter der Tür stehenden Mann auf.

Doch es geschah etwas anderes, als sie erwartet hatte. Die Tür wurde plötzlich zugezogen und verschlossen. Den fehlenden Schlüssel hatte Giselle natürlich nicht bemerkt. Die Schritte entfernten sich. Giselle rief, und bat mit dem Unfug aufzuhören. Es blieb jedoch still. Irgendwann, Giselle hatte sich auf den Boden ihres Badezimmers sinken lassen, hörte sie wieder Geräusche und Schritte, die näher kamen. Eine Gestalt war hinter der Glasscheibe zu erkennen. Dann hörte sie das fiese Lachen und die Stimme sagte ihr, nun sei die Zeit abgelaufen. Die 24 Stunden wären verstrichen. Das Ultimatum sei abgelaufen. Nun müsse sie sterben.

„Was soll das? Lass mich hier raus!", schrie die ängstliche Frau, die sich mittlerweile sicher war, dass irgendetwas an ihrem Plan nicht funktioniert haben musste.

Der Schlüssel wurde herumgedreht und die Tür öffnete sich langsam. Vor Giselle stand Philip.

„Du?", fragte Giselle voller Erstaunen. „Ich denke du bist tot?", entwich es ihr.

„Hat nicht geklappt. Dein Plan war nicht schlecht. Aber, du hast wohl nicht damit gerechnet, dass ich eins und eins zusammenzählen kann!", konterte Philip.

„Zieh dich an. Wir fahren noch einmal weg. Beeil dich. Die Uhr tickt auch für dich, meine Liebe!", forderte Philip seine Frau auf und lachte dabei zynisch.

Kurze Zeit später saßen die Eheleute im Auto und Philip fuhr erneut zum Industriegebiet der Stadt. Noch immer stand an der Hinterseite der Lagerhalle der BWM des Fremden. Philip parkte seinen Wagen in sicherem Abstand und zerrte seine Frau aus dem Wageninneren. In der Lagerhalle angekommen warf er sie mit einem harten Schlag auf den Boden. Sie fiel auf etwas Weiches und schrie so laut sie nur konnte.

„Sinnlos meine Liebe. Hier ist keine Menschenseele, die dir helfen kann."

Philip schlug seiner Frau ins Gesicht, nahm ihre rechte Hand und drückte ihr die Waffe hinein. Gleichzeitig löste sich gewollt ein Schuss, der gegen die Deckenplatten der Lagerhalle knallte.

„So meine Liebe, nun noch ein Schuss, dann hat die liebe Seele Ruh!", erklärte Philip.

„Was? Du willst mich auch töten? Ich soll sterben?", fragte Giselle weinend und sie versuchte aufzustehen und strampelte wild um sich.

Plötzlich war die Lagerhalle hell erleuchtet. Überall an den Decken und Wänden standen große Strahler, die nun wie von Geisterhand eingeschaltet wurden. Philip war so erschrocken, dass er die Waffe fallen ließ. Einer der Uniformierten sprang aus dem Hinterhalt hervor und schoss die Waffe mit seinem Fuß außer Reichweite. Zwei

weitere Beamte schmissen sich auf Philip und legten ihm Handschellen an. Giselle erhob sich und wankte zur Tür, um ins Freie zu gelangen.
Ein Beamter der Polizei, der vor der Tür Wache geschoben hatte, näherte sich der erschöpften Frau.
„Ich hoffe, Sie haben keinen Schaden genommen. Geht es Ihnen gut?", fragte der Zivile und legte dabei seine Hand auf ihren Arm.
Giselle nickte und erklärte, sie wolle nun nur noch nach Hause.
„Ich muss erst einmal damit fertig werden, dass mein Mann mich ermorden wollte. Ich kann es immer noch nicht glauben! Vielen Dank, dass Sie mir geglaubt haben. Sonst wäre ich sicherlich jetzt im Jenseits!"
Damit verabschiedete sich Giselle und wurde von einem Beamten nach Hause in ihr kleines Reihenhaus gefahren.
Sie öffnete die Haustür und ging ins Wohnzimmer um die Jalousien zu schließen. Dann schaltete sie das Licht an und setzte sich lächelt auf ihr Sofa zu ihrem Freund.
„Es hat alles geklappt. Genauso wie du es gesagt hast. Ich liebe dich und wir werden eine schöne Zeit zusammen haben. Was passiert jetzt eigentlich mit dem BMW? Er stand noch vor der Lagerhalle."
„Den habe ich gestohlen. Keine Ahnung. Kümmern wir uns um die wirklich wichtigen Dinge!"
Marcel, so hieß der Unbekannte, legte seinen Arm um Giselle und sie küssten sich zärtlich. Auf dem Kamin stand die kleine, goldene Uhr, die sie von Philip zur Hochzeit bekommen hatte. Sie tickte leise und unaufhörlich....

Kluntjes zum Abend

Verträumt lag die kleine Teestube in einer Seitenstraße, ganz in der Nähe der Promenade Büsums. Längst waren die Touristen zurück in ihre warmen Wohnstuben gegangen, nur vereinzelnd sah man noch einen vermummten Fußgänger durch die Straßen eilen. Gesa saß gedankenverloren hinter dem kleinen Tresen und schaute Löcher in die Luft, die von den unterschiedlichsten Teearomen durchzogen war. Vor fünf Monaten hatte sie die Teestube von einer alten Dame übernommen, die aufgrund einer schleichenden Krankheit keine Kraft mehr hatte, das Geschäft weiterzuführen. Es war Zufall, denn Gesa wollte nur ausspannen und einige Tage Urlaub machen in Büsum. Aber es kam alles ganz anders. Der Job, sie bediente in einem renommierten Hotel in Hamburg, stand eh auf der Kippe, die Krise! Nordseeluft schnuppern, hatte sie gedacht und war spontan losgefahren. Eine Unterkunft gab es zu dieser Zeit immer, Ende November gehört Büsum den Einheimischen. Ja, dachte Gesa, irgendwie gehöre ich ja auch dazu! Immer wieder sah sich die junge Frau mit ihrer Vergangenheit konfrontiert, seit sie hier lebte. Ihre Mutter war nach Kriegsende aus Hamburg geflüchtet, zu viel Schutt und Trümmer. In einer kleinen Pension hatte sie schnell eine Arbeit gefunden und schien sich an der Küste eingelebt zu haben. Ein Fischer hatte ihr schöne Augen gemacht, sie verführt und geschwängert. Dann hatte er auf einem dieser großen Pötte angeheuert und sie sah ihn nie mehr wieder. Die Mutter verließ Büsum und ging nach Hamburg. Gesa hatte ihren Vater nie kennen lernen

dürfen und hatte sich längst damit abgefunden. Nun war sie zurück zu ihren Wurzeln, an die Städte ihrer Geburt.
Ein leises Klingeln schreckte Gesa auf, ein Kunde betrat die kleine Teestube.
„Moin!", begrüßte sie der Gast, seine blaue Schiffermütze hatte er tief in die Stirn gezogen.
„Schietwedder!" Er ging etwas wankend zu der kleinen Tischgruppe und bestellte sich einen schwarzen Tee mit Rum.
Gesa fragte den älteren Herren, er war bestimmt Seemann, ob sie etwas Gebäck dazu reichen sollte. Ein kurzes „Jo!" folgte. Gesa stellte ihr Gebäck immer selbst her, jetzt so kurz vor der Weihnachtszeit reichte sie Anisplätzchen. Leider konnte sich die Ladeninhaberin nicht näher um ihren Gast kümmern, da weitere Durchgefrorene eintraten. Oft blieb die Teestube leer, aber immer öfter kamen gerade in den späten Nachmittagsstunden noch Teeliebhaber zu ihr. Auch die Einheimischen, darüber freute sich Gesa sehr, war es doch nicht so einfach in Nordfriesland dazu zu gehören. Der kalte Wind zog um die Ecke des Hauses, das Heulen ließ die Gäste enger zusammenrutschen und der Appetit auf eine schöne Tasse Tee wurde sofort angeregt.
Kurz vorm Feierabend traf auch noch ihre Freundin Regina ein. Sie war Mutter zweier Kinder und versuchte mindestens einmal pro Tag auf einen kleinen Plausch und eine Tasse Roibusch zu Gesa zu kommen. Sie hatte sich eine dicke Wollmütze über die Ohren gezogen und fast hätte Gesa sie nicht erkannt. Bis auf den Seemann, er las ein altes und ziemlich abgenutztes Buch, hatten mittlerweile alle Gäste die Teestube wieder verlassen. Für ihn

schien die Zeit stillzustehen. Die beiden Freundinnen klönten und kurz vor den Zwanziguhr Nachrichten kassierte Gesa nun auch den Seemann ab: Feierabend für heute! Während Hinnark Hinnarksen, er hatte sich kurz vorgestellt, als Gesa an seinen Tisch kam, in seinen Taschen nach dem Geld suchte, fiel ihr Blick auf seine linke Hand. Dort erblickten ihre Augen einen ganz außergewöhnlichen Ring. Goldfarben, ohne Steine aber von einer auffallenden Schönheit. Ein Frauenkopf, mit langen Haaren, die zu einem Zopf geflochten, die Ringschiene bildeten. Hinnark bemerkte ihre Blicke und fragte kurz: „Is was?" Leichte Röte zog in Gesas Gesicht auf, es war ihr unangenehm erwischt worden zu sein. Sie reichte das Wechselgeld zurück und verabschiedete sich, ohne auf die Frage zu antworten. Hinnark verließ die Teestube und Gesa und Regina machten sich auf ihren Heimweg.

Gesa hatte sich eine kleine Zweizimmerwohnung gemietet, die nur etwa fünf Minuten Fußweg von ihrer kleinen Teestube lag. Zu Hause angekommen stellt sie ihren alten Flötenkessel auf, sie wollte sich zum Abschluss des Tages eine große Kanne Orange Lu Dao – Tee kochen und einen letzten Blick in die Dithmarscher Landeszeitung werfen. Während sie den Büsumer Teil in der Zeitung nach Neuigkeiten absuchte, fiel ihr der Ring des alten Seemannes wieder ein. So einen ausgefallenen Ring hatte sie noch nie gesehen. „Was es nicht alles gibt!", bemerkte sie laut zu sich selbst und räumte abschließend die Tasse und die Kanne in die kleine Küche, um sich dann ins Bett zu begeben.

Am nächsten Morgen wurde sie durch das monotone Tuten des Leuchtturmes geweckt. Die immer wiederkehrenden zwei Töne, ein kurzer und ein darauf folgender langer Ton begleiteten Gesa noch ins Bad und unter die Dusche. Dichter Nebel war aufgekommen, typisch für diese Zeit an der Nordsee. Für den Vormittag, der Teeladen öffnete erst um fünfzehn Uhr, wollte Gesa etwas Ordnung in ihrer Wohnung schaffen. Dabei fiel ihr wieder der kleine rote Karton in die Hände, eine Erinnerung an ihre verstorbene Mutter. Er enthielt Briefe, Fotos und andere Kleinigkeiten, die nur für Gesa einen Wert darstellten. Wie immer, wenn sie die Schatulle in Händen hielt, erfasste Gesa eine tiefe Traurigkeit. Die kleine Flasche, die neben den Erinnerungsstücken nun auf Gesas Schoß lagen, fiel ihr fast auf die Erde. „Das hätte mir jetzt gerade noch gefehlt", klagte sie und steckte das Fläschchen in ihre Rocktasche. Das Kästchen verstaute sie wieder an seinem Platz und kümmerte sich um die wirklich wichtigen Dinge, wie Staubsaugen und Bügeln. Pünktlich verließ Gesa ihre Wohnung und machte sich auf den Weg zu ihrem Geschäft. Heute gab es viel zu tun, sie erwartete eine Lieferung Tee und Kandis. Und extra für das bevorstehende Fest hatte sie Teetassen und Teller mit Tannenmotiven geordert. Alles sollte dekorativ im Laden platziert werden. Die vielen Kartons hatte der UPS-Fahrer bei der Nachbarin abgegeben, das machte er immer so, wenn die Teestube noch geschlossen war. Kaum hatte man Gesa entdeckt, da kamen auch schon die ersten durchgefrorenen Wattwanderer zu ihr. Das Aroma ihrer Tees und des leckeren Gebäcks drang durch die Gasse, sobald sich die Tür öffnete. Gesa war glücklich, es hatte geklappt mit ihrer Idee, das Angebot im Laden zu erweitern und auch Geschirr, Geschenkartikel und Gebäck zu verkaufen.

Nach und nach füllte sich die Stube und einige Gäste verließen enttäuscht ihr Reich, da kein Platz mehr frei war. Das zarte Klingeln der Glocke an der Tür hörte nicht auf und wie sie es fast erwartet hatte, kam am frühen Abend auch Hinnark Hinnarksen wieder auf einen Tee mit Rum. Er setzte sich zu zwei Bayern an den Tisch, die seine Frage, ob noch frei sei, nicht verstanden hatten. Verwundert schauten sie den alten Seebären an und hakten es unter der Rubrik Norddeutsche Erfahrungen ab. Hinnark hingegen war es egal, ob da zwei aus dem Süden an seinem Tisch saßen, denn er blätterte bereits in seinem zerflatterten Buch und suchte nach der Stelle, wo er gestern aufgehört hatte. Gesa begrüßte ihren Gast und stellt die Flasche Rum mit dem blauen Etikett auf seinen Tisch, so hatte man es früher an der Küste immer gemacht. Hinnark bemerkte es und nahm es wohlwollend zur Kenntnis. Etwas irritiert verließen die Bayern, beide Männer trugen einen unverkennbaren Hut mit einem federähnlichen Gebilde an der Seite. Gesa räumte den Tisch ab und dabei fiel ihr Blick erneut auf den Ring an Hinnarks Finger. Ohne den Kopf zu bewegen reichte der Seemann Gesa seine Hand und ermöglichte ihr so eine genaueren Blick auf den Ring zu werfen.

„Das ist aber auch ein ausgefallenes Stück! Ich bin total begeistert. Wo findet man so etwas?", erkundigte sich die Inhaberin der Teestube bei ihrem Gast.

Hinnark legte sein Buch zur Seite und schaut ganz langsam von unten nach oben zu Gesa.

„Den ha ik von mien Vadder, köpen kann's so wat nich!", erklärte Hinnark und zog seine Hand zurück. Gesa hatte sie fest umschlossen, um sich den Ring aus nächster Nähe betrachten zu können. Sie erschrak, sie dachte es wäre Hinnark unangenehm gewesen. Er jedoch hantierte an seiner Hand herum und zog plötzlich den Ring vom Finger.

„Hier mien Lütten, kann's better kieken!"

Damit reichte er Gesa das kostbare Stück. Ganz vorsichtig hielt Gesa den Ring in der Hand, so als würde er bei der kleinsten Erschütterung zerbrechen. Sie drehte und drehte den Ring immer wieder, entdeckt eine 750 im Inneren und traute sich kaum, das Stück wieder aus der Hand zu geben. Hinnark griff sofort nach dem Schmuckstück und nun fiel Gesas Blick auf seine Hand. Sie erschrak. Ein lautes Klirren schreckte auch die andern Gäste der Teestube auf. Gesa hatte die Teetassen der bayrischen Gäste, die sie wieder hochgenommen hatte, auf den Boden fallen lassen. Fahle Blässe zog in ihr Gesicht und Hinnark schüttelte seinen Kopf und steckte sich den Ring wieder auf den Finger. Erst jetzt zuckte es durch Gesas Körper. Sie schaute zu Hinnark als wäre ihr gerade der Leibhaftige erschienen. Sie brummelte etwas Unverständliches und lief aus der Stube in den hinteren Teil des Geschäftes. Alle Augen waren nun auf Hinnark gerichtet, der diese Aufregung gar nicht verstehen konnte. Ruhe kehrte erst ein, als Gesa mit Schaufel und Besen zurückkkam um die Scherben aufzukehren. Ihre Augen waren dabei auf Hinnark gerichtet und sie zitterte etwas, was den Gästen jedoch nicht auffiel. Gesa hatte den kreisrunden Leberfleck an Hinnarks Finger entdeckt, der genau unter dem Ring zum Vorschein gekommen war.

Kurz vor neunzehn Uhr kam ihre Freundin Regina erneut in die Teestube und sie bemerkte sofort, dass etwas mit Gesa nicht stimmte.

„Mir fehlt nichts. Ich habe bloß letzte Nacht schlecht geschlafen. Ist schon alles im grünen Bereich", erklärte sie und räumte dabei das letzte Geschirr von den Tischen ab. Nur Hinnark saß noch und las in seinem Buch.

„Ich habe eben einen neuen Tee aufgesetzt, neue Sorte. Ein China White Jasmin Yin Zhen Silver Needle, etwas ganz Feines, mit der zarten Note von Jasmin. Sein Geheimnis liegt in der Verarbeitung und man muss ihn genau bei 80 ° aufgießen, damit er so farblos bleibt. Der Tee zog bereits in einer Kanne und Gesa stellt drei Teetassen auf den Tisch. Genussvoll füllte sie anschließend die Tassen. Zwei reichte sie ihrer Freundin und bat sie, sie auf den kleinen Tisch am Fester zu stellen und sich dort doch hinzusetzten.

„Ich komme gleich dazu, dann können wir ihn gemeinsam kosten.", erklärte Gesa ihrer Freundin Regina.

Sie selbst drehte sich mit dem Rücken zu ihrer Freundin, griff kurz in ihren Rock um dann, nur einen Moment später, die dritte Tasse zu Hinnark zu bringen.

„Hier, den habe ich für Sie zubereitet, eine neue Sorte. Lassen Sie ihn sich schmecken. Der geht aufs Haus."

Gesa drehte sich um und ging zurück zu Regina. Sie unterhielten sich und probierten den farblosen Tee, der ein zauberhaftes Aroma hatte. Hinnark trank den Tee fast ein wenig zu schnell aus, ohne ihn wirklich bewusst zu kosten, grüßte kurz und verließ dann die Teestube.

Am Abend, als Gesa bereits wieder in ihrer kleinen Wohnung war, holte sie sich erneut die rote Schatulle und sah sich gedankenverloren die Fotos ihrer verstorbenen Mutter an. Sie zündete eine Kerze an und ging zeitig ins Bett.

Am nächsten Morgen gab es in Büsum nur ein Thema: Man hatte an der Düne, am Ende der Promenade eine männliche Leiche gefunden. Die Untersuchungen hatten ergeben, der Mann hatte einen Herzstillstand und war dann dort einfach zusammengebrochen und im Nebel liegen geblieben. Regina kam zu Gesa und berichtet ihrer Freundin, es sei Hinnark Hinnarksen gewesen, den sie gestern noch als Gast in ihrer Teestube bewirten durfte. Gesa rieb sich ihren Finger und versuchte das kreisrunde Muttermal zu verdecken. Den Ring, den sie sonst immer trug, hatte sie in der Aufregung am heutigen Morgen im Badezimmer vergessen.

Die rüstigen Mütter

Am Ende der kleinen Sackgasse stand seit 1905 die herrschaftliche Villa der Familie von Hohenfels. Jeder aus der Umgebung kannte das Haus und das parkähnliche Grundstück. Nur noch eine von Hohenfels war übrig geblieben. Renate von Hohenfels, die jetzige Eigentümerin des Anwesens. Ihr Sohn Benjamin war lange verheiratet und lebte in Australien. Da das Haus aber für eine Person viel so groß war, hatte Renate schon vor Jahren über eine Anzeige Mitbewohner gesucht und gefunden. Das Haus der rüstigen Mütter hatten es Dorfbewohner getauft, seit die drei Damen hier ihr Unwesen trieben. Gerda Schäfer war verwitwet. Leider starb auch ihr Sohn vor einigen Jahren bei einem tragischen Flugzeugabsturz. In ihrer Trauer hatte sie sofort auf die Anzeige geantwortet. Und da gab es dann noch Hanna Rosenberg. Sie war von ihrem Mann betrogen worden und hatte diese Möglichkeit, in der Villa Hohenfels den Lebensabend zu verbringen, als Anlass zur Trennung gewählt. Ihr Sohn wollte lieber beim Vater leben. Das war Mitte der Neunziger. Der große Park, über 3000 qm, wurde von den drei Damen gepflegt. Alle hatten eine ganz besondere Beziehung zu ihrem Garten. „Ein Gärtner kommt uns da nicht ran!", war und ist ihr Leitspruch.

Die rüstigen Drei unternahmen viel, gingen in Konzerte, besuchten Museen, ginge am See spazieren und sie besuchten regelmäßig die kleine Konditorei in der Kreisstadt. Immer mittwochs trieb es die Damen in die Stadt. Schick angezogen holte Renate den alten Benz aus der Garage, er gehörte noch ihrem Gatten, Gott hat ihn selig. Dann knirschte der Kiesel unter den Reifen und das große schmiedeeiserne Tor öffnete sich per Fernbedienung.

„Heute habe ich ganz besonders Lust auf Kuchen!", erklärte Gerda und schmunzelte ein wenig dabei.

Hanna nickte zustimmend, sie saß neben Renate, die den alten Wagen lenkte.

„Wer ist heute an der Reihe?", wollte sie von ihren Begleiterinnen wissen.

Renate und Hanna kicherten leise und in Gedanken schienen sie sich schon mit dem Nachmittag zu beschäftigen.

Das kleine und sehr feine Café lag direkt am See. Sowohl aus dem Inneren wie von der Terrasse aus hatte man einen traumhaften Blick bis an andere Ufer. Manchmal liefen die drei Damen nach dem Kaffee und Kuchen noch eine Runde um den See, wenn das Wetter mitspielte.

An diesem Tag schien die Sonne, der azurblaue Himmel wurde von einigen kleinen Quellwolken verziert.

„Ein wunderschöner Tag für unser Vorhaben! Ich habe das Gefühl, heute wird es klappen", erklärte Renate und öffnete die Tür zur Kaffeestube.

Freundlich wurden die drei Damen vom Oberkellner begrüßt. Er geleitete sie, wie an jedem Mittwoch, zum extra reservierten Tisch in der Ecke des Gastraumes.

„Wie immer meine Damen? Kaffee für alle? Und welchen Kuchen darf ich servieren? Ich empfehle heute Königin - Luisen – Torte, Himbeere mit überbackenem Baiser oder Käsesahne mit einem kleinen Schuss Likör!", der Kellner verneigte sich dabei und blieb so lange gebückt, bis die Damen antworteten.

Alte Schule eben, passend zu den Gästen. Mit den Bestellungen machte sich der gute Geist des Hauses auf und davon.

Renate, die, das sei hier angemerkt, die attraktivste der drei Frauen war, puderte sich währenddessen ihre kleine Nase. Grund dafür war aber nicht eine fettige Nase, sondern vielmehr nutze die Dame den Spiegel um sich einen Überblick über die geparkten Fahrzeuge vor dem Café zu machen. Sie hatte von hier aus einen hervorragenden Überblick.

„Zwei Daimler, ein BWM, den Rest könnt Ihr vergessen. Nur Kleinwagen. Uninteressant", sie unterbrach, da der Kellner die Bestellung servierte.

Einige neue Gäste betraten das Café, darunter auch ein alleinstehender Mann mittleren Alters. Er schaute sich suchend um und blieb mit den Augen am Tisch der drei Damen kleben. Renate lächelte, nur etwas, aber der junge Mann schien sich angesprochen zu fühlen. Er näherte sich dem Tisch und verbeugte sich ein wenig.

„Setzen Sie sich doch zu uns! Sie sind ja ganz alleine hier. Sehr schade an so einem schönen Tag", forderte Renate von Hohenfels den jungen Mann auf.

„Sehr gerne. Ich freue mich Ihre Bekanntschaft machen zu dürfen. Sind Sie öfter hier zu Gast?"

Damit begann ein angeregtes Gespräch zwischen den Vieren am Tisch. Es wurde noch ein kleines Gläschen Cognac bestellt und die Runde schien sich sehr gut zu verstehen. Der Kellner beobachtete das Geschehen und machte sich so seine Gedanken. Wie an jedem Mittwoch.

Die Rechnung wurde verlangt und der junge Mann beglich sie für alle, ganz der Gentleman! Gemeinsam verließen die Vier das Café und begaben sich zum Parkplatz, wo Horst, so hieß der junge Mann, voller Bewunderung feststellte, dass der alte Benz den Damen gehörte!
„Damit möchte ich auch einmal fahren!", merkte er knapp an und erzielte damit seine Wirkung.
„Bitte!", erklärte Renate und übergab dem Ehrenmann die Schlüssel.
„Dann müsse Sie uns aber nach Hause fahren und noch einen Blick auf unser Haus werfen. Na, wie gefällt Ihnen diese Idee?", schlug Hanna vor und stellte ich ganz dicht neben Horst.
„Na dann, auf geht es. Ich würde mich riesig freuen. Diese Chance bekommt man nicht so oft im Leben. Ich nehme mir später ein Taxi zurück."
Dann saßen die Vier auch schon im Wagen und der Motor gab seinen Sound dazu. Die Fahrt zurück zur Villa Hohenfels dauerte nur knapp 30 Minuten. Horst war schwer beeindruckt, als sich das große Tor automatisch öffnete. Er chauffierte den Benz bis vor das Portal des Hauses und drehte dann zärtlich den Schlüssel herum. Der Motor schwieg.
„Ich weiß gar nicht, was ich sagen soll. Das ist einfach großartig! So einen Wagen zu besitzen, dieses Privileg besitzen nur sehr wenige Menschen. Sie sind Glückskinder, meine Damen."
Gemeinsam schritten sie ins Haus und Gerda und Hanna entschuldigten sich, sie gingen in die Küche um einen kleinen Imbiss vorzubereiten. Renate blieb bei Horst. Sie führte ihn wie eine Schlossherrin durch die Villa und hatte

zu jedem Zimmer eine Erklärung und zu jedem Extra eine Anmerkung. Horst wurde immer ruhiger. Er wurde erschlagen von diesem Wohlstand und von diesen edlen Möbeln im Haus. Fast unbemerkt hinterfragte die Hausherrin Details ihres Gastes.

Da hieß es: „Haben Sie auch noch so alte Bilder Ihrer Familie im Haus?" Oder Renate fragte: „Wie geht es denn Ihren Eltern? Leben sie auch in Schleswig Holstein?"

Horst beantwortete jede ihrer Fragen ohne auch nur ein Fünkchen Misstrauen in Betracht zu ziehen.

„So, wir sollten jetzt wieder zu den anderen gehen. Der kleine Imbiss ist bestimmt schon kredenzt und wir sollten ihn doch noch warm zu uns nehmen. Nicht wahr?", fragte Renate von Hohenfels ihren Gast, ohne wirklich eine Antwort zu erwarten.

Die beiden Damen hatten im Esszimmer den kleinen runden Tisch eingedeckt und das gute Service wartete bereits. Es gab eine kleine Vorsuppe aus frischem Spargel, die mit duftender Petersilie dekoriert war. Danach gab es einige Lachshäppchen und andere Kleinigkeiten, die Horst teilweise noch nie in seinem Leben gegessen hatte.

Die Vier verbrachten einen wirklich netten Abend und Horst fühlte sich fast wie zu Hause bei seiner Großmutter. Er wunderte sich, als ihm nach dem zweiten Glas des Roseweins plötzlich müde wurde.

„Meine Damen, es war ein wirklich nettes Treffen mit Ihnen. Ich habe mich schon lange nicht mehr so wohl gefühlt. Jetzt allerdings würde ich Sie bitten, mir ein Taxi zu rufen. Ich würde mich gerne verabschieden!"

Die Vier erhoben sich und eine der Damen ging voraus um in der Diele einen Anruf zu tätigen. Horst hörte wie sie sagte:
„Bitte schicken Sie uns einen Wagen, zur Villa von Hohenfels."

Am nächsten Morgen versammelten sich die Damen im Esszimmer zum gemeinsamen Frühstück. Alle waren locker, fröhlich und hatten besonders gute Laune. Renate pfiff ein Liedchen, während sie sich und ihren Freundinnen den Kaffee einschenkte.
„Na? Das war doch ein gelungener Abend? Gerda, was sagst du?"
Die Drei lachten und erwarteten auch gar keine Antwort von ihrer Freundin. Sie hätte sich fast am heißen Kaffee verschluckt.
Nach der Morgenzeitung gingen die Damen in ihren Garten. Ein neuer Rhododendron musste eingepflanzt werden. Die Gärtnerei hatte ihn am gestrigen Vormittag frei Haus geliefert. Renate von Hohenfels bestellte oft neue Büsche und Sträucher, so war es nicht verwunderlich, dass man ihr die Pflanzen lieferte. Wer einen so großen Garten hatte, benötige viele Gewächse und darüber war die Gärtnerei aus der Kreisstadt besonders glücklich.
In den Abendmeldungen im regionalen Fernsehen berichteten die Medien wieder einmal von der zugeparkten Innenstadt. Zahlreiche Touristen, die zu einem Besuch in die Kreisstadt kamen, parkten ihre Fahrzeuge, wo es ihnen gefiel. Immer wieder gab es Verkehrsprobleme und Staus. Auffällig waren, so berichtete die Moderatorin, dass

die Urlauber auch vor Privatplätzen keinen Halt machten. So berichtete der Inhaber eines bekannten Cafés am See, dass sie dort immer öfter widerrechtlich abgestellte Fahrzeuge abschleppen lassen mussten. Die drei Damen verfolgten alle Berichte im regionalen Fernsehen immer sehr genau, es war zu einem Ritual er drei rüstigen Mütter geworden. Dazu gab es immer einen trockenen Sherry aus dem Anbaugebiet von Sanlúcar de Barrameda, den sich Frau von Hohenfels regelmäßig durch einen spanischen Importeur liefern ließ. Sie wusste genau, was schmeckte. In jeder Beziehung!

Während der Woche verlief das Leben der der Damen auf dem Gut relativ normal. Montags war immer der Ruhetag der Damen. Am Dienstag fuhren sie gemeinsam in die nächstgelegene Stadt um sich verschönern zu lassen. Ein Beauty-Tag mit Kosmetik und Frisör. Danach kauften sich die Drei in einer kleinen Dorfbäckerei einige Kuchenkreationen und fuhren in der Vorfreude auf den bevorstehen Mittwoch wieder nach Hause. Denn mittwochs stand ihr Besuch am See auf dem Programm. Sicherlich hing damit auch der Besuch bei der Kosmetikerin zusammen, denn sie wollten schließlich sehr ansprechend aussehen.

Der Regen fiel wie aufgeschnürt vom Himmel. Dicke Wolken wo hin man sah. Fein herausgeputzt fanden sich die rüstigen Damen pünktlich um 15.30 Uhr in der Diele des Hauses ein.
„Heute haben wir bestimmt die freie Auswahl! Ich bin schon ganz aufgeregt. Bei dem Wetter!", frohlockte Hanna Rosenberg.

„Schaut mal, ich habe heute extra meine hohen Pumps angezogen", erklärte sie und hob dabei ihr Bein in die Luft und drehte kokett mit ihrem Fuß Kreisel in die Luft.
„Sehr schön. Dann sollten wir jetzt keine Zeit verlieren, damit unser Stammtisch noch frei ist. Wir wollen doch den Oberkellner nicht zu sehr in Bedrängnis bringen", sagte Renate und öffnete die kleine Tür, durch die man trockenen Fußes in die Garage gehen konnte.
Die Fahrt dauerte heute einige Minuten länger. Das lag am Wetter. Wenn es in Schleswig Holstein regnet bewegen sich die Autofahrer wie Schnecken vorwärts. Renate regte sich immer wieder darüber auf. Kurz nach 16 Uhr erreichten sie aber dann doch das Café. Zahlreiche Fahrzeuge standen bereits vor der großen Scheibe geparkt. Zwischen zwei silbernen Autos einer bekannten deutschen Edelmarke parkte Frau von Hohenfels ihren Oldtimer gekonnt ein. Die Aufmerksamkeit der anderen Kaffeehausbesucher hatte sie damit bereits auf sich gezogen. Sich dessen bewusst betraten die Drei erhobenen Hauptes das Lokal.
„Ich darf Ihnen behilflich sein, meine Damen?"
Das war der Oberkellner, der seine drei Stammkundinnen bereits erwartete.
„Ich habe mir erlaubt Ihren Tisch zu reservieren."
Er rückte die Stühle zurecht und fegte mit einer sauberen Serviette nicht vorhandene Krümel vom schneeweißen Tischtuch.
„Wir hätten gerne Kaffee, wie immer. Und mir ist heute nach Lübecker Nusstorte. Wie seht Ihr das?", fragte Renate ihre Mitstreiterinnen.

Die beiden nickten begeistert und der Kellner verbeugte sich und verschwand im hinteren, nicht einsehbaren Teil des Lokals.

„Schaut, alle Tische sind besetzt. Beste Voraussetzungen für uns!", flüsterte Renate ihren Freundinnen zu.

Die Drei hatten wie abgesprochen ein weißes Spitzentaschentuch aus dem Ärmel ihrer Kostümchen gezogen. Damit wischten sie sich dezent über Mund und Nase. So konnte man ihr Lächeln nicht sehen.

Ein älteres Ehepaar betrat das Café. Sie schauten sich um und näherten sich dem Tisch der drei rüstigen Damen.

„Sag Renate, wann wollten die anderen kommen? Hätten sie nicht schon hier sein müssen?", fragte Gerda und sah dabei sehr demonstrativ auf ihre Armbanduhr.

Das Ehepaar drehte ab und suchte sich einen neuen Tisch ihrer Begierde.

„Sehr gut, du wirst immer besser. Renate, davon kannst du auch noch etwas lernen!"

Der Ober brachte die Torten, die Tassen und die Kännchen mit dem heißen duftenden Kaffee. Sie begannen vornehm daran zu nippen und pflegten eine leise und vornehm wirkende Unterhaltung. Worum es in dem Gespräch ging könnte später niemand berichten.

Plötzlich blieb Renate der Bissen im Hals stecken, sie hätten sich fast verschluckt. Der Grund betrat gerade das kleine Café. Er war dunkelhaarig, etwa Mitte Vierzig, verdammt gut aussehend, schlank und braungebrannt. Sein Adonis - Körper steckte in einem grau schillernden Maßanzug, der hatte bestimmt ein kleines Vermögen gekostet. Renate konnte den Blick nicht von ihm lassen. Natürlich bemerkte der Mann ihre Blicke und lächelte

zurück. Renate nickte kurz und ihr Kinn deutete in Richtung des freien Stuhls an ihrem gemeinsamen Tisch. Er hob seinen Zeigefinger und deutet auf sich, senkte sein Kinn und hob dazu kurz die Schultern an. Renate erwiderte mit einem Lächeln. Mit federnden Schritten näherte sich dieses Mannesbild dem Tisch der Damen.
„Bitte! Nehmen Sie doch bei uns Platz. Oder trauen Sie sich nicht? Wir sind ganz harmlos", erklärte Renate von Hohenfels und setzte ihr charmantes Lächeln auf.
„Mein Damen! Ich bin zutiefst erfreut. Ich möchte mich gerne vorstellen. Mein Name ist Hubert von Nittelarm."
Er verbeugte sich kurz und zog sich dann den freien Stuhl vor und nahm Platz.
„Die Freude ist ganz auf unserer Seite. Ich darf uns vorstellen?", dabei zeigte Renate nacheinander auf ihre Freundinnen und erklärte:
„Gerda Schäfer, Hanna Rosenberg und mein Name ist Renate von Hohenfels. Wir freuen uns, dass Sie an unserem Tisch Platz genommen haben."
Das Gespräch plätscherte dahin. Es ging ums Wetter, um den Kuchen und um das Land. Die wirklich wichtigen Themen wurden nicht angesprochen, so gehörte es sich in der Aufwärmphase, hatte Renate ihren Freundinnen oft genug erklärt.
Geschickt lenkte Renate das Gespräch auf ihre Villa, auf das Auto und auf den parkähnlichen Garten. Wer konnte da schon widerstehen? Hubert konnte es jedenfalls nicht. Und so dauerte es nur ein gemeinsames Kännchen Kaffee bis die Vier gemeinsam aufbrachen. Der geparkte Benz beglückte den Snob und so ging die Fahrt zügig ins Anwesen der drei rüstigen Mütter.

Jetzt lief es ab wie einstudiert. Renate führte den Gast durch das Haus, machte Erklärungen an geeigneter Stelle. Sie stellte Fragen und zeigte die Bilder ihrer Ahnen. Gerda und Hanna bereiteten das kleine Mahl vor und vollendeten den bereits am Mittag eingedeckten Tisch im Esszimmer. Den Abschluss bildete immer ein Sherry, über den Renate so viel zu berichten hatte. Die Gläser wurden auf einem stilvollen Silbertablett an den Tisch gebracht. Hanna hatte sie etwas abseits gefüllt, ohne dass Hubert es hätte sehen können. Die plötzlich eintretende Müdigkeit erklärte sich der Junggeselle mit dem anstrengenden Tag und den anregenden Gesprächen des Nachmittags.

„Gerda, ich gehe in den Garten. Der neue Obstbaum muss unbedingt noch gewässert werden. Würdest du mir helfen?" fragte Hanna, die nebenbei damit beschäftigt war, den Frühstückstisch abzuräumen.
Ihre Nacht war kurz gewesen. Man sah der Frau den fehlenden Schlaf heute besonders an. Renate hatte sich entschuldigt, ihr ging es heute besonders schlecht.
„Renate hat sich wohl am gestrigen Abend zu sehr verausgabt. Sie ist ja noch fix und fertig. Hast du auch gehört, wie laut sie waren?"
„Ich habe nichts gehört. Ich war so müde, dass ich sofort eingeschlafen bin."
Dann fügt sie lächelnd hinzu:
„Ich hatte ja auch keinen Dienst gestern. Du warst ja am Zug. Wie lange hat es denn gedauert?"
Hanna schaut wissend und antwortet:
„Die Kennerin genießt und schweigt."

Nach einem Moment spricht sie weiter und berichtet, dass es weit nach Mitternacht gewesen wäre und sie beide ziemlich fertig gewesen wären. Sie fügt abschließend hinzu:
„Das hat wohl an der Länge gelegen!"
Dann gehen die beiden Damen in den Garten und kümmern sich um ihren neuen Obstbaum.

Die Tageszeitungen hatten am Montag nur ein Thema:
Graf aus Schleswig Holstein seit Mittwoch spurlos verschwunden!
Im Radio und im Fernsehen wurde ausgiebig über das plötzliche Verschwinden des Grafen v. N. berichtet. Die Bürgerinnen und Bürger wurden wiederholt aufgefordert sich zu melden, wenn ihnen über den Aufenthaltsort etwas bekannt sei. Im Hause von Hohenstein wurde darüber nicht gesprochen. Etwas verwundert schauten sich die drei Damen an, als am späten Nachmittag die Glocke schellte.
Renate schaute zuerst auf die goldene Standuhr auf dem Kaminsims und dann auf ihre Armbanduhr. Beide zeigte dieselbe Zeit an.
„Ich gehe selbst. Unglaublich, was Menschen sich erlauben. Früher hätte es so etwas nicht gegeben. Wie kann man unangemeldet um diese Zeit klingeln?", lamentierte Frau von Hohenfels und schritt zur Haustür.
„Sie wünschen?", fragte sie kurz.
„Guten Tag, mein Name ist Schlappkohl. Mein Kollege Brümmel. Wir würden gerne mit Ihnen sprechen. Dürfen wir eintreten?", fragte der vor der Tür stehende Mann, der

Renate einen Dienstausweis der Kriminalpolizei vor die Nase hielt.

„Polizei?", erwiderte Renate und ging einige Schritte zur Seite und gab den Eingang ins Haus frei.

In der Diele blieb sie stehen und schaute erwartungsvoll auf die beiden Polizisten. Dabei verschränkte sie ihre Arme auf dem Rücken.

Herr Schlappkohl fingerte etwas aus seiner Wetterjacke, die etwas zerknittert an den bekannten Tatort - Kommissar im Ersten erinnerte.

„Schauen Sie sich bitte dieses Foto genau an. Erkennen Sie den Mann darauf?", wollte Kommissar Schlappkohl wissen.

Renate nahm das Foto und ging damit an das Fenster. Hier hatte sie mehr Licht, konnte aber auch, ohne dass der Ermittler ihr Gesicht sah, einen Blick riskieren. Sie ließ sich Zeit. Dann drehte sie sich um und erklärte ganz ruhig und gelassen.

„Ja. Ich kenne diesen Mann. Er hat sich uns als Hubert von Nittelarm vorgestellt. Sehr sympathischer Mann."

Damit reichte sie den Beamten das Foto zurück.

Woher sie Herrn von Nittelarm kenne, wollte der Polizeibeamte von Renate wissen. Jetzt begann Renate von Hohenfels ganz langsam und sehr detailliert von ihrem letzten Besuch im Café am See zu berichten. Wie der charmante Herr an ihren Tisch gekommen war, wie sie sich bei interessanten Gesprächen ausgetauscht hatten und dabei blickte sie gelassen und entspannt in die Gesichter der Ermittler.

„Was geschah nach dem gemeinsamen Café und Kuchen?", fragte nun Kommissar Brümmel.

„Herr Kommissar, was soll passiert sein. Wir sind in unseren Wagen gestiegen und nach Hause gefahren. Was denken Sie von uns. Aber, Sie können gerne meine beiden Freundinnen befragen. Gerda Schäfer und Hanna Rosenberg, wir wohnen hier gemeinsam, sie sitzen im Salon. Bitte, gehen Sie gerne und fragen die beiden. Wenn Sie mir nicht glauben."
„Ich denke, darauf können wir verzichten. Vielen Dank. Frau von Hohenfels, entschuldigen Sie bitte. Aber wir haben einen Hinweis bekommen, dass Sie gemeinsam mit Herrn von Nittelarm im Café waren. Weitere Einzelheiten sind uns nicht bekannt. Wir mussten der Sache nachgehen. Ich hoffe Sie verstehen. Man weiß schließlich nie, wer sich hinter einem Namen verbirgt. Gnädige Frau."
Damit deute Herr Kommissar Schlappkohl an, er würde seinen Hut ziehen, den er aber nicht trug. Dann verließen die beiden Kripobeamten das Haus. Renate schloss leise die Haustür und ging zurück in den Salon.
„Mädels, heute trinken wir eine Flasche Champagner. Ich denke, das sind wir Hubert schuldig!"

Die Zeitungen berichteten noch wochenlang über das Verschwinden des Herrn Graf v. N. aus Schleswig Holstein. Ganz engagierte Reporter äußerten sogar den Verdacht, dass es sich hier um einen Serientäter handeln müsse. Bisher waren mindesten sieben Männer verschwunden. Es gab keine Hinweise auf ihren Aufenthalt und keine Spuren. Alle waren zuletzt im Café am See gesehen worden. Einige von ihnen alleine, andere in Begleitung dreier älterer Damen, die aufgrund ihres

Standes und ihrer Herkunft nie unter Verdacht gestanden hatten.
Die Fälle wurden nie gelöst!

In den nächsten Wochen wurden keine neuen Büsche und Bäume in das Haus der rüstigen Mütter geliefert. Der erste Bodenfrost hatte eingesetzt. Da pflanzt selbst eine Renate von Hohenfels nichts mehr im Garten.

Brunhilde

Der sonst so verträumt wirkende Bauernhof der Familie Holdorf hatte sich an diesem Wochenende zu einer Spiel- und Festwiese gewandelt. Der jüngste Spross der Familie feierte an diesem sonnigen Junisonntag seinen siebten Geburtstag. Klar, alle Kinder der Umgebung waren eingeladen worden und die Vorfreude auf das Fest war kaum noch zu ertragen gewesen. Karin Holdorf, die Mutter des Kleinen, hatte keine Kosten und Mühen gespart damit allen Kindern dieser Tag in unvergessener Erinnerung bleiben sollte. Selbst der Knecht des Hofes, ein junger Mann aus dem Nachbarort, hatte tatkräftig mit angepackt. Die große gemietete Hüpfburg wurde auf dem Vorplatz der Scheune aufgebaut. Drumherum stellte man zahlreiche Holztische und Stühle, sodass die Kinder entspannt das große Negerkusswettessen veranstalten konnten. Nur Paul Holdorf hatte wieder einmal quer geschlagen. Ihm waren, wie immer, seine Tiere viel wichtiger. Die Kühe auf der großen, hinteren Wiese mussten gemolken werden. Der Tierarzt hatte sich auch noch angesagt, eine Kuh erwartete ihr erstes Kalb, da konnte es schon mal zu Komplikationen kommen. Dass ihm seine Frau den Helmut ausgespannt hatte ärgerte ihn besonders. Ein Knecht gehört auf den Schlepper, nicht an den Rockzipfel der Frau! Paul war schon manchmal garstig. Richtig grob, nicht nur zum Knecht. Auch seine Frau und der kleine Sebastian litten schon sehr darunter. Oft hatte er sich nicht mehr in der Gewalt, da gab es kräftig was auf den Hosenboden. Karin verachtete ihren Mann dafür. Wo war

ihre Liebe geblieben? Wo waren die netten gemeinsamen Stunden auf dem Heuboden? Oft stand Karin gedankenverloren auf dem Hof und beobachtete den Knecht beim Ausmisten. Paul bekam immer einen Wutanfall, wenn er es bemerkte. Noch dazu sprach dieser Tunichtgut mit dem Viehzeug! Undenkbar. Sie hörte oft den Spruch:
„Der ist doch eh viel zu jung für dich!", von ihrem Mann. Karin wollte doch gar nichts von Helmut, sie schaute ihm halt nur gerne bei der Arbeit zu. Sein straffer Körper, die geschmeidigen Bewegungen, seine liebevolle Art mit den Kühen zu sprechen. Paul dagegen, wie ein Holzklotz. Seit einiger Zeit hatte der Landwirt auch noch angefangen zu trinken. Nicht nur das Feierabendbier, nein harte Sachen. Im Stall hatte Karin einige Flaschen Doppelkorn gefunden. An der Melkmaschine, an der Rampe, sogar beim Futterplatz, angetrunkene Flaschen Doppelkorn. Helmut hatte ihr versprochen, er würde hier keinen Alkohol trinken, schon gar nicht bei der Arbeit. Ob sie wohl ihrem Mann gehören würden, hatte sie den Knecht gefragt. Der hatte nur den Kopf etwas schräg gelegt und die Lippen fest aufeinander gepresst. Gesagt hatte er nichts.
„Helmut, ich will wissen ob mein Mann hier bei der Arbeit trinkt?", fragte die attraktive Frau und hielt dabei den jungen Mann am Arm fest.
„Chefin, ist halt mein Chef. Da kann ich nichts zu sagen. Und will ich auch nicht. Will meinen Job hier nicht verlieren."

Nun war es endlich soweit. Musik drang über den Hof, die Hüpfburg war aufgeblasen, der Generator dröhnte. Sebastian fegte wie ein Wirbelwind über das Anwesen. Er konnte es gar nicht mehr abwarten, bis seine Freunde endlich kamen. Drei große Kartons Neerküsse standen bereit. Eine große Schüssel Kartoffelsalat und knackige Wiener vom Schlachter warteten von den Kindern gegessen zu werden. Dann ging es Schlag auf Schlag. In Nullkommanichts waren über 30 Kinder auf dem Hof eingefallen und die Geburtstagsfeier war in vollem Gang.

Gegen achtzehn Uhr fuhr auch der Bauer mit seinem roten Schlepper auf den Hof. Fast hätte er die Halteseile der Hüpfburg übersehen. Abrupt kam das Ungetüm zu Halt. Paul klettert vom Sitz hinunter und der kleine Sebastian lief aufgeregt auf ihn zu.
„Papa! Papa! Schau mal! Das habe ich von Hans geschenkt bekommen", rief er lautstark und schwenkte einen großen Karton freudig durch die Luft.
Der Vater würdigte seinen Sohn nicht mit einem Blick. Er stolperte mit seinen schmutzigen Gummistiefeln quer durch die spielenden Kinder und stellte sich vor seiner Frau mit einer Drohgebärde auf.
„Was soll das hier? Sind wir auf der Kirmes? Hast du nichts anderes zu tun? Und dann auch noch mit dem aufgeblasene Knecht an deiner Seite!"
Paul schlug nach seiner Frau, sie schaffte es aber gerade noch zur Seite zu springen. Helmut drehte sich angewidert weg. Wütend drehte sich der Bauer um und einige Erdklumpen blieben auf dem Platz zurück. Er schaute sich suchend nach seinem Sohn um, pfiff ihn zu sich und langte ihm eine solche Ohrfeige, dass Sebastian rückwärts auf den Boden fiel. Er begann sofort an zu schreien, offensichtlich hatte er sich am Kopf verletzt. Seine Mutter

rannte sofort zu ihm und versuchte das schreiende Kind zu trösten. Glücklicherweise konnte sie kein Blut erkennen und das Geburtstagskind hörte auch wieder auf zu weinen. Sicherlich war nur der Schock dafür verantwortlich gewesen.

„Paul! Sag mal, spinnst du jetzt total? Du hast wohl zu tief in die Flasche geschaut! Geh zu deinen Viechern und lass uns in Ruhe!", forderte sie ihren Mann auf, der bereits wieder versuchte in den geparkten Schlepper zu steigen.

Es kostete ihn schon einige Mühe die schmalen Stufen zu erklimmen. Fast wäre er noch gefallen. Doch dann schnaubte der Trecker und Paul knatterte vom Hof. Die Kinder hatten sich etwas abseits des Geschehens gesammelt und waren verunsichert. Helmut Siebert hatte als erster die Kontrolle wieder gefunden und lenkte die Kinder schnell durch ein neues Spiel ab.

Karin entschuldigte sich bei dem Knecht und verließ den Hofplatz. Sie musste sich zuerst abreagieren. Dieses Mal war ihr Mann eindeutig zu weit gegangen. Er hatte sie schon öfter im Rausch geschlagen. Noch nie aber seinen Sohn. So kann es nicht weiter gehen, schoss es der Mutter durch den Kopf.

„So nicht, mein Lieber. So nicht!", murmelte sie vor sich hin.

Fast klang es wie eine Drohung.

Am nächsten Morgen wollte Paul, der die Nacht im Stall verbracht hatte, die Bullen auf eine andere Weide treiben. Helmut war schon früh im Stall und hatte die Kühe gemolken.

„Knecht, heute kommst du mit mir. Die Bullen müssen auf die Nordkoppel. Das schaff ich nicht alleine. Beeil dich mit den Viechern. Ich will los", donnerte er durch die geöffnete Stalltür.
Karin hatte sich noch nicht unten blicken lassen. Sie war stinksauer auf ihren Mann und wollte ihm heute Morgen auf keinen Fall über den Weg laufen. Der kleine Sebastian war bereits gegen sieben Uhr mit dem Schulbus fort und würde erst gegen Nachmittag zurückkommen. Vorsichtig lugte die Ehefrau durch die Scheibengardinen des Esszimmers. Nachdem die beiden Männer dann endlich vom Hof gefahren waren ging sie in das Büro des Bauern. Systematisch durchsuchte sie alle Schubladen und Schränke. Sie fand jede Menge Alkohol. Ihr Mann hatte den Doppelkorn wohl im Sonderangebot gekauft. Die Flaschen trugen alle ein rotes Etikett mit einem Sonderpreis. Auf der Rückseite der Flaschen entdeckte sie einen kleinen Aufkleber mit dem Namen des kleinen Ladens im Nachbarort.

„Aha, da kauft er ich seine Fusel!", stellte sie befriedigt fest.
Sie stellte die Flaschen alle wieder an ihren ursprünglichen Platz zurück. Dann blieb nur noch der Schreibtisch nach, ihn hatte sie sich bis zum Schluss aufgespart. Zwischen Rechnungen für Futtermittel und Tierarzt entdeckte sie eine Visitenkarte.
„Haus Corinna", las sie laut vor.
„Schau an, da ist der Herr aber weit gefahren!"
Die Adresse kannte Karin. Der Ort lag gut zwanzig Kilometer von ihrem Hof entfernt. Sie waren vor längerer

Zeit beide dort anlässlich einer Viehaktion zum Essen gewesen. Das Haus Corinna war ein altes, kleines Gasthaus mit gutbürgerlicher Küche und einigen Zimmern, die vermietet wurden. Nichts edles, ein Landgasthof eben. Karin wurde neugierig. Sie suchte weiter. Eine Schublade ließ sich nicht öffnen. Abgeschlossen. So einfältig wie ihr Mann war, fand sie sofort den passenden Schlüssel im Zettelkasten.

„Na, dann mal los!", und schon öffnete ich die Lade.

Karin musste sich setzen. Der alte Schreibtischstuhl knarrte. Fassungslos starrte die Frau auf den Inhalt. Plötzlich klingelte das Telefon. Der schrille Ruf erschreckte Karin, sie ließ es klingeln, nahm das Gespräch nicht entgegen. Vorsichtig griff sie nach den Fotos. Paul war darauf zu sehen. In einer eindeutig zweideutigen Lage! Er lag splitterfasernackt, zum Glück auf dem Bauch, auf einem Bett. Vor sich ein kleines Tischchen mit einem Sektkühler und zwei Gläsern. Wer auch immer dieses Foto geschossen hatte, musste rot lackierte Fußnägel besitzen. Die Person schien vor ihrem Mann auf einem Stuhl zu sitzen und hatte die Füße auf das Bett neben Paul gelegt. Ein skurriles Foto. Die Person, eine Frau, das Foto ließ keinen Zweifel aufkommen, trug ein kleines goldenes Fußkettchen. Am linken Fuß. Karin schüttelte sich. Das Telefon hatte endlich aufgehört zu läuten. Karin sah sich das nächste Foto an und schmiss es in der gleichen Sekunde wieder zurück in die Schublade. Jetzt gab es keinen Zweifel mehr. Die zweite Person war eine Frau. Der Kopf war nicht auf dem Foto. Aber der Rest der Frau! Sehr eindeutig! So etwas hatte Karin in ihrem ganzen Leben noch nicht getragen! Sie wurde rot.

„Ich will es jetzt wissen. Wer ist die Schlampe?", wetterte sie und holte alle Fotos heraus.
Sie schaute sich Foto für Foto an.
„Was soll man dazu sagen? Von hinten? Von unten?"
Erneut stieg Karin die Röte ins Gesicht. Aber sie blieb neugierig. Dann endlich hatte sie das Foto, auf das sie gewartet hatte. Paul hatte nicht bedacht, dass sich ein Spiegel im Zimmer befand, an der Wand gegenüber vom Bett! Und nun konnte sie das Gesicht der Frau sehen, den Rest kannte sie ja bereits in allen Einzelheiten und aus allen Perspektiven! Es war Brunhilde Schenkenberg! Die Brunhilde Schenkenberg. Ihr gehörte der kleine Laden im Nachbarort, in dem Paul preisreduziert den Doppelkorn gekauft hatte.
„Brunhilde! Ich glaube es ja nicht! Die hat ja bestimmt Doppel D!"
Karin legte die Fotos zurück, bis auf das eine besagte Foto, auf dem rein zufällig Paul und Brunhilde Schenkenberg in eindeutiger Position und unbekleidet zu sehen waren. An Paul konnte man genau erkennen, wie ihn diese Fotos erregten! Karin steckte das Foto in einen nagelneuen Briefumschlag und verschloss die Schublade wieder. Dann ging sie mit schüttelndem Kopf zurück in die Küche des Hauses.

Das Essen war vorbereitet. Paul kam aber nicht nach Hause zum Mittag. Karin wunderte sich, aber es war ihr egal. Auch am Abend erschien ihr Mann nicht. Helmut, der im Nachbarort wohnte, kam gegen neunzehn Uhr um die Kühe zu melken.

„Helmut, sag, hast du meinen Mann gesehen? Ihr habt doch heute zusammen die Bullen auf die neue Weide getrieben?", fragte sie, als sie Helmut im Stall hantieren hörte.

„Chefin, der ist mit dem Schlepper weg. Keine Ahnung wohin. Wollte etwas besorgen!", erwiderte der Knecht und kümmerte sich wieder um das Euter der Kuh, die laut vor ihm muhte.

Karin ging zurück ins Haus. Sebastian schlief heute bei einem Freund. Das war schon seit einigen Tagen geplant und sie freute sich über ein wenig freie Zeit, ganz besonders an dem heutigen Abend. Erneut ging sie ins Obergeschoss und in das Büro ihres Mannes. Sie wollte an den PC. Sehr oft hatte sie noch nicht versucht das Gerät zum Laufen zu bekommen. Aber es klappte auf Anhieb. Sie öffnete Mozilla Firefox und war im Internet. Was sie suchte fand sie schnell. Als sie später den Schlepper ihres Mannes auf den Hof fahren hörte, wusste sie, was sie wissen wollte. Und sie hatte alles erledigt, was zu erledigen war. Seit dem Tod ihrer Mutter vor drei Monaten hatte sie die Packung Tabletten in ihrem Nachtisch versteckt. Paul wäre nie auf die Idee gekommen in ihren Sachen zu stöbern. Warum auch, ihn interessierten nur die Tiere und wie sie jetzt wusste, ihn interessierten die großen Brüste von Brunhilde Schenkenberg. Aber eben nicht nur die Brüste, wie die Fotos ihr deutlich gezeigt hatten. Die volle Packung Nitrazepam hatte sie bei ihrer Mutter gefunden. Der Landarzt hatte es der Mutter nach dem Tod ihres Vaters verschrieben. Die Packung war noch voll. Ihre Mutter hatte nicht eine Tablette davon genommen. Nur der Beipackzettel fehlte.

Aber im Internet hatte Karin gefunden, wonach sie gesucht hatte.

Auch an diesem Abend kam Paul angetrunken nach Hause. Wortlos ging er mit den schmutzigen Stiefeln in die Küche und wartete auf sein Essen. Karin stellte ihm wortlos einige Brotstullen hin und ging wieder. Paul blieb in dieser Nacht erneut dem Schlafzimmer fern. Er schlief im Stall bei seinen Kühen und bei seiner Flasche Doppelkorn!

Am nächsten Morgen hörte sie wie der Schlepper vom Hof fuhr und ging danach hinaus zum Kuhstall. Aber sie fand nur die schmutzigen Kühe vor. Weder der Knecht noch ihr Mann waren zu sehen. Sicherlich hatten beide gemeinsam den Hof auf dem Schlepper verlassen. An diesem Mittag wartete Karin wieder vergeblich auf ihren Bauern.
„Soll er doch bleiben wo der Pfeffer wächst! Ich koche nicht mehr für ihn. Soll er sich doch bei Brunhilde den Bauch voll schlagen!", schimpfte sie lautstark und stellte das vorbereitete Essen in den Kühlschrank.
Den freien Tag, ihr Sohn war auf Klassenfahrt ins benachbarte Schwimmbad, wollte Karin genießen. Sie zog sich schick an und führ mit ihrem kleinen Auto in die Stadt. Sie bummelte durch die Geschäfte, kaufte sich ein neues Kleid und traute sich das erste Mal in ihrem Leben in einen Beate Use Laden. Sie staunte nicht schlecht, was es da alles zu kaufen gab. Mit einigen Teilen konnte sie trotz großer Phantasie nichts anfangen und verließ nach kurzer Zeit mit gesenktem Kopf das Geschäft wieder. Hoffentlich hat mich keiner gesehen, waren ihre Gedanken. Sie ging in eine kleine Konditorei und bestellte sich

ein Stückchen Lübecker Nusstorte und ein Kännchen Kaffee. Das hatte Karin schon lange nicht mehr gemacht! Kurz nach neunzehn Uhr kam sie zurück auf den Bauernhof. Alles war still. Die Kühe kauten friedlich wieder, was ihr sagte, dass der Knecht seine Arbeit bereits verrichtet hatte. Von Paul fehlte jede Spur. Lediglich sein geliebter Schlepper stand auf dem Vorplatz. Vergeblich schaute sie sich auf dem Gut um, von ihrem Mann gab es kein Lebenszeichen. Karin wartete noch bis die Tagesthemen vorbei waren und machte sich dann erneut auf um im Stall nach ihrem Mann zu suchen. Sie rief und rief, jedoch vergeblich. Lediglich das Klappern der Ketten, mit denen die Kühe angebunden waren, drang aus dem Stallinneren.

„Jetzt ist er wohl ganz durchgeknallt? Dieser Sturschädel, nicht mal ein Handy durfte ich ihm schenken. Sonst hätte ich ihn anrufen können", dachte Karin noch, da kam ihr eine Idee.
Sie ging zurück ins Haus und suchte im Büro nach dem Örtlichen.
„Na also, hier haben wir sie ja!", stellte Karin befriedigt fest und griff zum Hörer.
Es klickte und dann begann es zu klingeln. Eine ganze Weile geschah nichts, dann meldete sich eine männliche Stimme.
„Bei Schenkenberg".
Karin stockte. War das die Stimme ihres Pauls gewesen? Sie war sich nicht sicher, es ging zu schnell und es war zu kurz gewesen.
„Mit wem spreche ich da?", fragte sie listig nach.

„Sie haben die Nummer von Brunhilde Schenkenberg gewählt", kam die korrekte Antwort.
Nein, das war nicht ihr Mann. Die Stimme war ihr fremd. Sie gab aber noch nicht auf und startete einen neuen Versuch.
„Kann ich bitte mit Paul Holdorf sprechen?"
Ein seltsames Grunzen kam durch den Hörer. Dann ein Hustenanfall. Dann wurde aufgelegt. Stille. Karin hielt noch immer das Telefon in der Hand. Sie setzte sich langsam auf den Bürostuhl, auf dem sonst immer Paul saß, erst dann stellte sie das Schnurlose zurück in die Ladestation. Verwirrt und auch etwas besorgt ging Karin an diesem Abend ins Bett. Von Paul fehlte jede Spur.

Die Nacht war ruhelos. Der Mond schien direkt auf Karins Bett, als wolle er sie wach halten. Völlig erschöpft und verschwitzt stand sie gegen fünf Uhr auf. Helmut war schon im Kuhstall, sie konnte es an den Lauten der Kühe erkennen. Nach einer kurzen Dusche ging sie in den Stall.
„Moin! Sag Helmut, hast du Paul schon gesehen?
Der Knecht schaute fragend zu seiner Chefin. Er schüttelte wortlos den Kopf und verschwand im hinteren Teil der Stallung. Er musste sich sputen denn bald würde der große Tankwagen der Meierei auf den Hof fahren. Karin ging mit hängenden Schultern zurück ins Haus. Sie kochte einen starken Kaffee und überlegte, was sie machen sollte. Das Klingeln des Telefons holte sie aus ihren Gedanken in die Wirklichkeit zurück. Es war der Tierarzt, der sich nach der trächtigen Kuh erkundigte. Karin legte wortlos auf. Sie hatte jetzt keinen Kopf für Tier, Kühe oder Tierärzte. Aus dem Keller des Hauses holte sie aus der

Kühltruhe einen Braten, den sie für das Abendessen zubereiten wollte. Ihr half nur noch Ablenkung.
„Vielleicht kommt Paul ja!", dachte sie leise und begann in der Küche zu arbeiten.
Als Paul am Nachmittag noch nichts von sich hatte hören lassen und auch der Knecht ihn nicht auf dem Feld gesehen hatte, rief sie bei der zuständigen Polizei im Ort an.
Jan Moltke, der Dorfpolizist, hörte sich Karins Geschichte an. Stumm lauschte er ihren Worten, bis sie fertig war.
„So. Paul ist weg. Sollen wir ihn suchen? Willst du, dass wir Paul suchen? Ich nehme eine Vermisstenmeldung auf. Das geht dann so seinen Gang. Ruf mich an, wenn Paul sich bei dir meldet. Mach es gut."
Dann legte Jan auf und Karin blieb alleine mit der Ungewissheit.

2 Tage später

Karin hörte das Auto auf den Hof fahren. Es war ein fremdes Geräusch, sonst kamen ja nur der Eiermann und der Laster von der Molkerei. Sie schaute aus dem Küchenfenster und entdeckte den Streifenwagen aus dem Dorf. Jan stieg gerade aus, zog seine Hose hoch und kam dann aufs Haus zu. Die Uniformmütze auf dem Kopf. Das war ein dienstlicher Besuch, dass wusste Karin. Sie öffnete und Jan kam wortlos ins Haus.
„Karin", sagte er und verstummte.
Sie schaute ihn erwartungsvoll an. Sie kannten sich seit der Grundschule, so hatte Jan noch nie geschaut.
„Karin", begann er erneut.

„Karin, wir haben Paul gefunden."
„Wo ist er?", fragte die Bäuerin.
„Jetzt ist er in der Gerichtsmedizin. Paul ist tot."
„Wie? Paul ist tot?", mehr brachte Karin nicht zustande.
„Wir haben Paul auf der Weide gefunden. Er lag quer über der alten Badewanne. Er stand wohl davor, hat einen Stoß von vorne bekommen und ist dann rückwärts auf die Badewanne gefallen. Genickbruch. Paul war gleich tot, sagt der Doc."
Karin hatte sich an den Tisch gesetzt und hielt einen Becher Kaffee in der Hand, der dort noch vom Morgen stand. Gedankenverloren strich sie über die Kuh, die den Becher schmückte.
„Ja. Wir denken, einer der Bullen hat ihn erwischt. Paul hat zwei Löcher in der Brust. Wohl von den Hörnern. Mehr weiß ich auch noch nicht. Er wird jetzt untersucht."
Dann ging Jan hinaus, nahm die Mütze ab und stieg in seinen Streifenwagen und fuhr vom Hof, so als wäre nichts passiert.

Der Untersuchungsbericht kam zwei Tage später. Paul hatte einen sehr hohen Spiegel eines Schlafmittels und 1,8 0/00 Alkohol im Blut. Das konnte sich keiner der Verantwortlichen so recht erklären. Untersuchungen ergaben, weder die Frau noch der Knecht hatten je Schlafmittel besessen.
Die Tatsache, dass die Verletzungen auf der Brust des Paul Holdorf, für die einer der Bullen verantwortlich sein sollte, nur fünfzehn Zentimeter auseinander lagen, blieb unbemerkt. Nicht einmal dem untersuchenden Landarzt in der Pathologie fiel diese Besonderheit auf!

Die Reisetasche

*D*as kleine Lederfachgeschäft, eigentlich gab es den Laden schon immer, bestimmt aber in dritter Generation, war erst vor einigen Wochen vom neuen Inhaber total renoviert worden. In zwei Etagen präsentierten sich die feinen Lederwaren, deren Geruch bis auf die Straße zog. Langsam schritt ich die kleine Treppe hinauf, in die zweite Ebene, in der sich, äußert attraktiv und exklusiv, die Koffer und Reisetaschen mit gehobener Ausstattung befanden. Jetzt, oben angekommen, bemerkte ich, dass sich hier ein anderer, ein unbestimmter und unbekannter Geruch den Aromen von Haut und Leder beigemischt hatte.

Der Kunde, mein erster an diesem Montagmorgen, hatte Recht. Es roch nicht nur nach Leder! Langsam tasteten meine Augen die Regale und Ständer ab. Nichts war anders als sonst. Noch immer stand der junge Mann, der diese Entdeckung, fast könnte man sagen, erschnüffelt hatte, neben mir. Plötzlich entdeckte ich sie! Ganz sicher, sie gehörte nicht zu meinem Angebot, schon gar nicht an diesem Ständer und in der hier befindlichen Preisklasse.
„Ein Kunde wird sie hier abgestellt haben. Sicherlich schon am Freitag.", erklärte ich dem jungen Mann, dessen Gesicht beim Anblick der etwas durchfeuchteten Reisetasche immer fahler wurde.
„Ich werde die Polizei anrufen!"
Mein schnurloses Telefon hatte ich immer griffbereit in der Jackentasche, 110, und nun erhöhte sich mein Pulsschlag schon etwas. Gemeinsam verließen der Kunde und ich die

obere Etage. Nur wenige Minuten später hörten wir schon das Martinshorn der Einsatzkräfte. Der Streifenwagen hielt direkt vor dem Schaufenster meines Ladens. Wie schnell sich auch einige Schaulustige dazu gesellen, dachte ich noch, als auch schon ein Mann mittleren Alters den Laden betrat.
„Hallo. Mein Name ist Hauptkommissar Paul Grämlich. Sie haben uns angerufen?"
Auf mich machte der Polizist einen etwas sehr schlabberigen Eindruck. Zu einer ungebügelten, umbra - farbenen Hose trug er eine ebenso zerknitterte, lindgrüne Jacke, die mich an Kommissar Schimanski erinnerte.
Ich zeigte dem Ermittler den Weg nach oben und auch er rümpfte beim Näherkommen die Nase. Ein zweiter Polizist in Uniform, den ich nicht gleich bemerkt hatte, folgte uns unaufgefordert.
Mit ausgestrecktem Arm zeigte ich auf die Reisetasche. Paul Grämlich betrachtete das Objekt und stellte fachmännisch fest:
„Sie sieht ja nicht gerade neu aus!"
Langsam zog er aus seiner rechten Jackentasche zwei Einmalhandschuhe, die er genussvoll über seine Hände streifte, zuerst links, dann rechts. Danach hob er die Reisetasche, die etwa 50 x 20 cm groß war, an. Einige Tropfen einer nicht identifizierbaren Flüssigkeit tropften zäh auf den Boden. Dort hatte sich schon eine Lache auf dem Teppich gebildet. Der Uniformierte näherte sich bis auf Zentimeter der Tasche.
„Ich werde jetzt versuchen sie zu öffnen!", erklärte Paul Grämlich.

Bedächtig zog der Kommissar die Tasche einige Meter weiter in die Raummitte. Sein Blick ging danach in alle Richtungen. Vermutlich wollte er einen freien Rückzug gesichert wissen, falls etwas Unvorhersehbares geschehen würde!
Die Tasche war durch zwei Schnallen, die jeweils links und rechts angebracht waren, verschlossen. Zusätzlich befanden sich zwei Lederriemen zwischen den Schnallen, die ebenfalls verschlossen waren. Diese öffnete Paul Grämlich zuerst. Eine beklemmende Lautlosigkeit machte sich im Raum breit. Ich hörte mein Herz schlagen. Die Stille wurde durch das Klicken beim Öffnen des Schlosses jäh unterbrochen. Nun noch das zweite Schloss. Kommissar Grämlich richtete sich auf und schaute erwartungsvoll auf seinen uniformierten Kollegen. Beide nickten sich zu. Klar, sie machten sich Mut!
Paul Grämlich klappe die Reisetasche auf. Der junge Kollege wurde leichenblass und hielt sich die rechte Hand vor den Mund. Seine Augen suchten blitzschnell und fanden einen silberfarbenen Kosmetikkoffer, in den er sich erbrach!
„Bäh!"
Das war Paul. Er schaute angewidert in die Reisetasche, aus deren Inneres ein untrüglicher Geruch aufstieg.
„Hier ist ein Name und eine Telefonnummer im Inneren der Tasche."
Und an mich gerichtet fragte der Kommissar:
„Kennen sie eine Walpurgis von Hohenstein?"
Ich nickte nur. Die Worte blieben mir im Hals stecken. Frau von Hohenstein, eine sehr reiche und sehr gute Kundin meines Ladens. Am Freitag hatte sie mich noch

besucht. Die Reisetasche wurde wieder verschlossen. Ein Blick in ihr Inneres wurde uns zum Glück verwehrt.
Kommissar Grämlich griff zum Mobiltelefon, das er aus seiner krausen Schimanskijacke zog. Man hörte das Piep-Piep-Piep, bei jeder Eingabe der Ziffern. Gespannt schauten wir alle auf Paul Grämlich.
Eine Verbindung kam sehr schnell zustande. Nachdem der Ermittler den Teilnehmer am anderen Ende der Leitung mit >Frau von Hohenstein< ansprach, atmete ich erleichtert aus. Sie lebte!
Gespannt versuchten wir Fetzen aus dem Gespräch zu erhaschen. Leider vergeblich.
„Ja. Nein. Ach so."
Mehr konnten wir nicht verstehen. Paul Grämlich sprach eine ganze Weile mit Walpurgis. Besser gesagt, er hörte ihr zu. Endlich beendete er das einseitige Gespräch und ließ das Handy wieder in seine Jacke gleiten.
„Und?", fragte der Uniformierte, dessen Magen sich scheinbar zwischenzeitlich beruhigt hatte.
„Frau von Hohenstein war also am Freitag bei ihnen im Laden? Richtig?", fragte er mich.
„Ja. Spät, so kurz vor achtzehn Uhr. Sie gab vor, sich etwas umsehen zu wollen. Frau von Hohenstein besucht mich regelmäßig. Sie kauft nicht immer etwas, aber wenn, dann gibt sie viel Geld aus! Sie ist eine sehr gute und langjährige Kundin meines Geschäftes.", erklärte ich.
Paul Grämlich machte sich einige Notizen in ein kleines Oktavheft. Es passte zu ihm, denn auch es schaute schon ein wenig mitgenommen aus.
„Sie wollte von hier aus zum Friedhof. Ein ganz besonderer Freitag. Es war der fünfte Todestag ihres Mannes. Sie

war nicht nur deshalb so traurig und verwirrt. In der Aufregung hat sie doch glatt die Reisetasche hier vergessen.
Frau von Hohenstein hat mir soeben versichert, es täte ihr sehr leid, obwohl sie doch vorgesorgt hatte. Aber, da das Wochenende dazwischen kam, ist der Inhalt aufgetaut."
Wir schauten alle auf Kommissar Grämlich. Fragend. Ich fasste zuerst den Mut, mich genauer zu informieren.
„Was ist in der Tasche? Der Geruch ist doch eindeutig? So riecht kein aufgetautes Hähnchen!", versuchte ich zu scherzen.
Die anderen Beteiligten schauten mich mit grimmigen Blicken an, sie hatten nicht bemerkt, dass ich doch nur einen Scherz machen wollte.
„Frau von Hohenstein hat mir versichert, sie wollte sie auf dem Friedhof im Grab ihres verstorbenen Mannes beisetzten. Gustav von Hohenstein liebte sie, wie keine andere. Deshalb sollte diese Katze nach ihrem Tod an seiner Seite die letzte Ruhe finden!"
Schweigend verließen wir nacheinander den ersten Stock. Kommissar Paul Grämlich machte sich erneut einige Notizen in sein kleines Heftchen und erklärte mir dann:
„Für den Schaden kommt die gute Frau selbstverständlich auf. Sie haben ja ihre Telefonnummer."
Dann verließen er und sein junger Kollege kopfschüttelnd mein kleines Lederwarengeschäft.

Tiefgarage

*D*er erfolgreiche Arzt geht langsam durch den dichten Wald und versucht sich und seine Gedanken in Einklang zu bringen. Fünf Jahre wohnte er nun schon in der norddeutschen Kleinstadt, immer noch glücklich über seinen Entschluss, den Ortswechsel vollzogen zu haben. Studiert und promoviert hatte der vor einigen Monaten achtunddreißig gewordene, gutaussehende Arzt in München. Seinen Wunsch nach einer eigenen Praxis konnte das Land ihm nicht erfüllen, der Umzug nach Schleswig Holstein musste schnell gehen, da ihm gerade hier eine gutgehende Praxis angeboten worden war. Dr. Horst Meiser hatte großes Glück, denn auch schon bald nach seiner Praxiseröffnung lernte er Inga Wallen kennen, eine gutaussehende und erfolgreiche Pharmareferentin. Ende des Jahres wollten sie zusammenziehen, ihre Beziehung besiegeln und sich vielleicht sogar verloben. Ganz sicher war sich Dr. Meiser in den letzten Wochen jedoch nicht mehr, irgendetwas stimmte nicht mit ihm und seinem Leben. Horst hatte es schön öfter bemerkt, aber nicht wahrhaben wollen. Zuerst dachte der Gynäkologe, er hätte es sich eingebildet, wäre überarbeitet und müsse dringend ausspannen. Kurz nach seiner Rückkehr aus dem Urlaub, er hatte sich eine Reise nach Florida gegönnt, begann es. Inga hatte es zuerst bemerkt und immer wieder fragte sie ihren Horst, was denn während des Auslandsaufenthaltes mit ihm passiert wäre. Er wäre so sonderbar. Manchmal, so erinnert er sich jetzt, während er einem Eichhörnchen, das auf einem der zahlreichen Ästen saß und sich putze, zuschaute, hatte Inga ihn sogar als fremd und kalt bezeichnet. Sonst war er eher einfühlsam und überaus zärtlich zu seiner großen Liebe gewesen. „Richtig abstoßend bist du manchmal", er hört die Stimme und lächelt, weil er sich immer wieder daran erinnerte. Horst schüttelt den Kopf und geht einige Schritte weiter. Er hatte in den letzten Tagen sogar schon überlegt, ob er einen Kollegen mit der entsprechenden Fachrichtung aufsuchen solle. Ihm war jedoch nicht gleich klar, welche namhafte Kapazität für seine Beschwerden da wohl die richtige wäre. Außerdem, wenn jemand davon erfahren würde, der niedergelassene Frauenarzt bei einem Nervenklempner! Nein, soweit durfte es nicht kommen. Auf keinen Fall. Es standen seine Zukunft und seine berufliche Karriere auf dem Spiel. Ein Gynäkologe auf der Couch! Undenkbar. Ja, und Inga zwischen ihren „Gratis – Test – Muster – Tabletten – Packungen" hätte sicherlich auch gar keinen Funken Verständnis für seine Bedenken und Ängste.

Also, hatte Dr. Meiser beschlossen, wollte er diesem Kuriosum selbst auf den Grund gehen. Deshalb war er auch heute in den Wald gekommen. Zum Nachdenken. Um sich zu sammeln und sich zu fragen, wie er es anstellen sollte, wieder mich sich ins Reine zu kommen. Vor allem, wo ihm doch gar nicht klar war, was die anderen Personen eigentlich an ihm zu mäkeln hatten. Etwas abseits des Weges entdeckte der Arzt einen großen Findling, so einer, auf dem alle Kinder sofort herumturnen würden. Er setzte sich und atmete tief durch. Seine Gedanken kreisten um eine Begebenheit, die etwa vier Monate zurück lag.

Nach einem hervorragenden Essen, das er mit einem Anwalt in einem dieser Schickeria – Restaurants in der Hamburger Innenstadt eingenommen hatte, es gab Hummer mit Käse überbacken, Horst schmeckte noch immer den zarten Schmelz, der sich auf der Zunge ergoss, nachdem er die langen Fäden besiegt hatte, war ihm schlecht geworden. Sicherlich hatte es nicht am Essen gelegen. Der Wein war auch hervorragend gewesen, zwei Gläser, nicht mehr, davon wird einem ausgewachsenen Mann sicherlich nicht schlecht. Dennoch, sein Rechtsvertreter hatte ihn unterhaken müssen, so wackelig war er auf den Beinen gewesen. Das nun zufällig ein weiterer Arzt am Nebentisch saß, war wohl reines Glück gewesen. Gemeinsam bugsierten die beiden Männer den schlappen Frauenarzt nach draußen an die Luft, um ihm dort die Möglichkeit zu geben, sich in dem vor dem Restaurant geparkten Wagen zu setzen. Horst erinnert sich noch daran, wie ihm der Fremde ein Kissen unter den Kopf schob, von diesem Moment aus, hatte er einen Filmriss. Er kam zu sich und saß noch immer in seinem Mercedes. Sein Anwalt war fort, nur der freundliche, fremde Arzt lächelte ihn an. Irgendwie hatte Horst das Gefühl, in einer anderen Welt aufgewacht zu sein. Das war natürlich Schwachsinn! Er war ein erfolgreicher Arzt und kein ET! Er schaute durch die Windschutzscheibe nach draußen. Der Himmel schien Anteil an seinem kleinen Schwächeanfall genommen zu haben, vor dem Essen noch strahlendblau, hatten sich jetzt dunkle Wolken davor geschoben. Dr. Meiser fuhr nach Hause, in seine Wohnung. Inga Wallen hatte ihr eigenes Penthouse, das direkt über einem edlen Möbelladen lag, behalten. Für die erste Zeit war es also eine Art Wochenendbeziehung gewesen. Seine Wohnung, die sich auch nicht verstecken musste, lag in der Nähe der Praxis. Das war einfach praktisch und sparte nicht nur Zeit, sondern auch Kosten, wobei, Geld spielte bei Horst eine untergeordnete Rolle.

Dr. Meiser wunderte sich, dass die Tageszeitung in seinem Briefkasten steckt, er hatte sie doch am Morgen mit in die Praxis genommen! Als das Telefon klingelte, vergaß er jedoch sich weiter um das Wirtschaftsblatt zu kümmern. Es landete im hohen Bogen auf dem Tisch.
Der Anrufer, seine Sprechstundenhilfe, erkundigte sich nach seinem Befinden.
„Es geht mir gut, vielen Dank der Nachfrage. Woher wissen sie?", aber beantwortete sich im gleichen Atemzug seine Frage selbst, „Ja, klar, der Anwalt."
Tief in seine Gedanken versunken hatte Dr. Meiser die Zeit ganz vergessen.

Die Sonne war längst hinter den Baumwipfeln verschwunden und es wurde merklich kühl. Horsts Mercedes parkte etwa 200 Meter entfernt, am Rande des Wanderweges auf einem Parkplatz. Während der Fahrt nach Hause, er hatte sein Mobiltelefon abgestellt und auch das Autoradio schwieg heute, grübelte er noch weiter.
Mit der Fernbedienung in der Hand fuhr der Arzt vor die Einfahrt zur Tiefgarage. Den Wagen, der direkt vor dem Eingang zu seinem Wohnblock stand, erkannte er nicht. Woher auch? Er kannte nur den Fahrer des Wagens. Das Elektrotor schloss sich langsam und der sandfarbene Mercedes fuhr millimetergenau auf seinen Platz, ganz am

Ende der Tiefgarage. Den Mann, der sich mit ihm gemeinsam Zutritt verschafft hatte, sah er nicht. Das Licht war, obwohl es einen Kontaktschalter gab, noch immer erloschen. Auch der Lichtschalter, der sich direkt neben seinem Stellplatz an der Wand befand, löste keinerlei Reaktion aus, es blieb dunkel. Horst ging dennoch zielstrebig zu der Metalltür, die in das Treppenhaus des Hauses führte, immerhin, er kannte jeden Meter hier, er wohne seit einigen Jahren in dem Haus und war schon oft ohne Licht von seinem Auto ins Treppenhaus gelangt. Heute jedoch stolperte Horst. Er schlug der Länge nach hin. Es passierte so plötzlich, dass er es nicht mehr schaffte, die Hände, die nach dem Wohnungsschlüssel in der Jacke suchten, schützend vor sich zu ziehen. Er knallte mit dem Gesicht auf den staubigen Betonboden. Horst hatte irrsinnige Schmerzen und konnte sich im ersten Moment nicht bewegen. Dann wurde ihm schlecht und er verlor das Bewusstsein.

Langsam kam Dr. Horst Meiser wieder zu sich. Die Lippen schmeckten Blut, vermutlich sein eigenes Blut. Das Gesicht schmerze und die rechte Schulter tat höllisch weh. Es war dunkel, nur ein zarter Lichtschein, der unter der Tür zum Treppenhaus flimmerte, gab Horst die Möglichkeit, sich zu orientieren. Vorsichtig versuchte er sich zu erheben. Sein linkes Knie schmerzte, er dachte sofort an den Sportunfall von vor zwei Jahren. Der linke Innenmeniskus war gerissen. Langsam tastete sich der Arzt zur Treppenhaustür. Sie ließ sich öffnen und das Licht blendete in seinen Augen. Nun trennten den Waldspaziergänger nur noch wenige Meter von seiner

Wohnung. Die Fahrstuhltür öffnete sich und Horst Meiser stieg aus.
Erst der zweite Blick ging in Richtung seiner Wohnungstür. Sie stand offen! Ganz sicher hatte er nicht vergessen abzuschließen. Es mussten Einbrecher eingedrungen sein. Der Arzt, der kaum klar denken konnte, versuchte sein Handy aus der Jacke zu ziehen. Es blieb dabei, er hatte es doch im Wald abgeschaltet im Handschuhfach seines Wagens gelassen. Ohne ein Geräusch zu verursachen gelangte Horst in seine eigene Wohnung, wobei er das Gefühl eines Einbrechers nachempfinden konnte. Blitzartig passierte es, sie standen sich gegenüber. Beide waren erstarrt. Keiner wagte sich zu bewegen. Sie musterten sich von oben bis unten. Horst erlangte zuerst seine Fassung wieder zurück.
„Wer sind sie in aller Welt? Wieso? Ich verstehe nicht?", stotterte der Gynäkologe und ließ sich auf einen seiner Sessel im Wohnzimmer fallen, in dem sich die beiden Männer jetzt befanden.
„Es tut mir leid, du solltest es nicht erfahren!"
„Was, um Himmels Willen, sollte ich nicht erfahren? Rede endlich!"
„Ich heiße Ulf. Ich bin arm, du bist reich. Ich bin arbeitslos, du bist Arzt. Ich habe es zufällig erfahren, dass es dich gibt. Aus der Zeitung. Da kam mir die Idee."
Horst schluckt, er kann die ganze Tragweite dieses Geständnisses noch nicht erahnen.
„Welche Idee?", fragt er immer noch fassungslos.
„Die Idee mit dir. Ich habe einen Arzt kennengelernt, also, eigentlich studierte er nur Medizin, musste wegen irgendwelcher Ungereimtheiten abbrechen. Ist ja auch

egal. Er half mir. Du hast es nie bemerkt, so geschickt waren wir. Eine kleiner Piks, oder einige Tropfen in ein Glas. Es hat gereicht. Ich bin dann du geworden. Du hast geschlafen. Ich wollte auch mal reich sein und ein teures Auto fahren. Ich wollte mal in dieser edlen Wohnung schlafen."

„Du hast mich betäubt?"

„Ja. Es war ganz einfach. Manchmal nur für eine Stunde, einmal sogar über Nacht. Nur heute hat es wohl nicht genügt, du bist zu früh aufgewacht. Du hast eine ganze Weile im Kofferraum deines Autos geschlafen. Später habe ich dich wieder herausgeholt und genau an dieselbe Stelle in der Garage platziert, an der du über mich gestolpert bist. Entschuldige, du solltest dir nicht so wehtun."

„Hättest du nicht einfach mit mir reden können? Ich hätte dir helfen können!"

Es entsteht Stille. Dann spricht Horst Meiser weiter:

„Du bist mein Zwillingsbruder? Ich wusste nicht mal, dass es dich gibt!"

Wichteln

Ein eingeschweißtes Team, würde man wohl heute sagen, oder, Freunde fürs Leben. Mehr als zwei Jahrzehnte sind die Fünf befreundet, unzertrennlich eben. Da sind zum einen Helga und Horst, ein wirklich glückliches, kinderloses Ehepaar, das seine Silberhochzeit auch schon hinter sich hat. Reisefreudig und wissbegierig, immer auf Achse und immer für eine Überraschung gut, so sind die beiden schon immer gewesen. Auf einer dieser Spontanurlaube, es war eigentlich nur ein verlängertes Wochenende, sie wollten endlich mitreden und die Insel Amrum erkunden, lernten sie in dem kleinen Hotel Jutta und Jürgen kennen. Aufgrund des freien Freitags waren viele spontan verreist, hatte ihnen die Wirtin erklärt, deshalb waren auch alle Zimmer ausgebucht und die beiden hatten wirklich Glück, das letzte nicht reservierte Apartment erhascht zu haben. Beim gemeinsamen Frühstück saßen Helga und Horst nun zufällig, aber es gibt doch gar keine Zufälle, hatte Jutta später immer erklärt, mit diesem netten Pärchen zusammen. Die Wirtin des kleinen aber feinen Strandhotels hatte, um es familiären zu gestalten, im Restaurant und Frühstücksraum runde Fünfertische aufgestellt. Alleinreisende sollen auch Anschluss finden bei uns, erklärte sie immer gerne und freute sich, dass die meisten ihrer Gäste diese Idee hervorragend fanden. So kam also Sandra in die Runde, die, wie sie bei einem späteren Gespräch feststellten, auch aus Hamburg kam. Alle kamen aus Hamburg, es gibt eben keine Zufälle!

Das alles ist über zwanzig Jahre her, auf Amrum sind die Freunde nie wieder zusammen gewesen, warum eigentlich, weiß keiner so genau. In all den Jahren hat sich auch etwas wie Tradition in die Freundschaft eingeschlichen. Jedes Jahr ein gemeinsamer Urlaub, nur eine Woche, aber immer im Frühjahr. Im Sommer werden regelmäßige Grillfeste abgehalten, je nach Wetterlage, bei Horst und Helga im Garten, oder bei Jutta und Jürgen auf der Terrasse der Eigentumswohnung, oder im Wohnzimmer bei Sandra, die nur einen winzigen Balkon ihr Eigen nennt, der für fünf Personen einfach zu klein ist. Neben den sonstigen Treffen, gehört zum Abschluss des Jahres dann unbedingt, wenn auch nicht von allen Beteiligten geliebt, das „Wichteln" dazu. Jeder schenkt jedem eine Kleinigkeit, gut und spannend verpackt, ohne sich zu verraten, also sozusagen: anonym!

In diesem Jahr findet die Wichtelparty bei Jürgen und Jutta statt, sie sind dran, denn es geht reell zu und damit nicht immer nur einer die Arbeit hat, immer reihum. Da es ein Jubiläum ist, soll es ein ganz besonderes Fest werden, hat Jutta beschlossen. Immerhin 22 Jahre Wichteln, ist doch auch etwas? Das Wohnzimmer wird feierlich geschmückt, Kerzen und Kugeln im Raum verteilt, die CD mit den lustigen Weihnachtsliedern wird aus der untersten Schublade hervorgekramt und auch die Tischdekoration dem Abend angepasst. Lediglich der Einkauf fehlt noch, es soll „Heißen Stein" geben, damit die Vorfreude länger dauert, hat Jutta erklärt, weil doch das Essen länger dauert.

Die Freunde treffen pünktlich bei Jutta und Jürgen ein, jeder hat in der Hand eine Plastiktüte, in dessen Inneren

sich ein Geschenk versteckt, dass später dann auf einen großen Tisch im Esszimmer gelegt werden wird. Die Freunde können es kaum erwarten, der Duft nach frischem Weißbrot und einem leckeren Salat mit Garnelen und Knoblauch, den Jutta als Vorspeise zubereitet hat, durchzieht bereits die Wohnung und die Nasen der Gäste. Dazu fließt ein schmackhafter Rotwein, auf den Wagen haben die Freunde auch traditionell verzichtet. Dann endlich, das Geschirr ist abgeräumt, der Tisch von Krümeln und Essensresten befreit, kommen die Geschenke zum Vorschein. Jutta bringt die fünf Tüten, die alle gleich aussehen, man hat sich auf Karstadt-Tüten geeinigt, ins Esszimmer und leert ihren Inhalt auf den Tisch, um die jetzt alle gespannt sitzen. Jeder der Beteiligten zieht sich ein Päckchen heraus, denn auf der äußeren Verpackung stehen noch keine Namen. Es wird ausgepackt und hin und her getauscht. Der letzte Name, der auf dem Präsent klebt, ist mit einem roten Herz umrahmt, so wissen alle, dass sie nun ihr Geschenk in Händen halten. Die Spannung und Neugierde, die jeder der Freunde beim Auspacken erlebt, wollen alle beobachten, deshalb wartet jeder genau auf diesen Augenblick.
Horst beginnt. Er ist eher der langsame Auspacker, zuerst das Band, dann Tesafilm, danach Papier, Stück für Stück. Im Inneren ein Karton mit einer Modelleisenbahn, Horst ist seit Jahren Sammler, die er sich schon immer gewünscht hat. Nun ist Sandra dran, ihr Geschenk ist klein und flach, es ist ein Briefumschlag. Ein Gutschein für zwei Personen für ein Wochenende im Verwöhnhotel mit allem Drum und Dran. Sandra wundert sich nicht, dass das Datum bereits in den Buchungsbeleg eingetragen und dass der Gut-

schein für zwei Personen ausgestellt ist. Warum Sandra keinen Mann an ihrer Seite hat, ist alles bekannt, Sandra liebt Frauen, warum auch nicht. Über eine Partnerin wurde in dieser Runde jedoch nie gesprochen. Jetzt ist Jutta an der Reihe. Sie reißt das Päckchen auf und der Inhalt fällt auf die Mitte des Tisches. Plötzlich ist es still, alle Beteiligten schauen auf den Tisch und auf das, was dort liegt. Röte steigt in Juttas Gesicht, aber sie schweigt. Sandra lacht laut auf und erklärt, dieses Intimspielzeug sei wohl eher ein Geschenk gewesen, der ihr zugedacht worden wäre, immerhin ist es ein Teil, welches eindeutig für zwei Frauen vorgesehen sei. Jürgen, der nicht lachen kann, über diese Peinlichkeit, wickelt sein Geschenk aus, um schnell das Thema zu wechseln. Auch er entnimmt einen Briefumschlag mit einem Gutschein für ein Essen zu zweit in einem Hotel in Lüneburg. Alle Augen sind auf Helga gerichtet, denn sie ist die letzte, die auspacken muss. Sie hält in ihrer Hand eine kleine silberne Dose in Herzform, auf dem Deckel ist der Name Jürgen eingraviert ist. Helgas und Jürgens Augen treffen sich, aber die beiden schweigen.

Irgendwie kommt nach dem Auspacken so gar keine Stimmung mehr auf und nach kurzer Zeit sind alle nach Hause verschwunden, mit den unterschiedlichsten Erklärungen, die man sich denken kann. Horst macht Helga eine Szene, wegen der Herzdose mit der Gravur. Jürgen befragt seine Frau Jutta immer wieder, weshalb sie dieses ordinäre Geschenk erhalten hätte. Nur Sandra ist glücklich und freut sich auf das bevorstehende Wochenende im Hotel. Sie weiß schließlich, wer sie begleiten wird. Sie weiß, dass an diesem Wochenende

Jürgen ein Seminar hat und Jutta sie deshalb ins Hotel begleiten wird. Es war schon Glück, dass Jutta in diesem Jahr den Namen ihrer heimlichen Freundin Sandra gezogen hatte. Seit einen knappen Jahr ging diese intime Freundschaft nun schon, sie hatte keine Lust mehr, immer die Heimliche zu sein, deshalb diese Idee mit dem Dildo. Vielleicht hatte Jutta nun endlich den Mut, ihrem Mann die Wahrheit zu sagen.

Das Jürgen aber nicht, wie das Schreiben der Agentur, dass seit Wochen auf der Anrichte im Büro liegt, zu einem Seminar gefahren ist, sondern in dieses reizende Hotel nach Lüneburg, wissen die beiden Frauen nicht. So staunen die Vier nicht schlecht, als sie sich am Morgen des Sonntags im Frühstücksraum gegenüberstehen. Sandra, eingehakt bei ihrer Freundin Jutta und Jürgen, der zärtlich seinen Arm um die Taille seiner geliebten Helga legt. Jürgen und Jutta sind sprachlos, Helga, die sich der Tragweite dieses Treffens noch nicht wirklich bewusst ist, würde am liebsten in den Erdboden versinken. Schweigend gehen die vier Freunde weiter und reisen noch in der nächsten Stunde ab. Sandra freut sich, ist doch nun endlich Klarheit, Jürgen hat auch eine andere Frau an seiner Seite, eigentlich doch kurios.

Horst will die Scheidung, es hat ihn tief getroffen und er ist auch zu keinem Gespräch mehr bereit. Jürgen beantragt auch die Scheidung, seine Frau mit einer anderen Frau im Bett, nein, das kann er sich nicht bieten lassen. Nur Sandra freut sich, noch.

Wochen später, als alle Formalitäten geklärt sind, alle Betroffenen neue Wohnungen bezogen haben, wird erneut ein Wochenende im Hotel in Lüneburg gebucht.

„Ich bin froh, wir haben es geschafft. Deine Idee, war großartig. Wir hatten Glück, dass gerade ich Sandra und du Helga beim Wichteln hattest. Sonst wäre es nicht zu unkompliziert über die Bühne gegangen."
Horst nimmt seine Jutta in den Arm und beide küssen sich, heiß und innig, sie sind am Ziel.

Mittel zum Zweck

Viele Jahre sind Carmen und Ricardo nun schon ein Paar. Beide leben in Conil und ihre Kinder, drei Söhne, sind schon lange aus dem Haus. Zwar blieben die drei Kinder in Spanien, einer jedoch zog nach Sevilla, der andere nach Málaga und der Jüngste sogar nach Cordoba. Das große Haus ist seitdem leer geworden, Ricardo hat sich damit abgefunden und verbringt jede freie Minute in seinem Garten. Carmen, die über zehn Jahre jünger ist, als ihr Mann, hat sich damit nicht abgefunden. Finanziell geht es den beiden Eheleuten recht gut, ein großes Haus mit einem noch größeren Garten, zwei Autos, eine Motoryacht und ein dickes Bankkonto können sie ihr Eigen nennen.

Freitag, Markttag in Conil. Carmen, immer fröhlich und aufgeschlossen, wandert durch die Gänge der Stände und betrachtet sich interessiert die Angebote in den unterschiedlichsten Auslagen. An einem Stand, es werden dort Handtaschen für den bevorstehenden Sommer angeboten, in allen Formen und Farben, aber in immer demselben Material, verweilt sie einen Moment länger, als sonst. Der junge Mann, der sich dort positioniert hat, er scheint weder ein Kunde, noch ein Verkäufer zu sein, hat Carmens Interesse geweckt. Groß und schlank, volle, dunkle Haare, auffallend braun gebrannt und mit dem Lächeln im Gesicht, konnte sie ihn einfach nicht übersehen. Was sie nicht weiß, auch er steht hier nur, um Carmen zu beobachten. Zufällig, wenn es denn Zufälle gibt, waren sich die Beiden über den Weg gelaufen, ohne

dass Carmen es bemerkt hätte. Sie denkt sich, er wäre der Richtige!
„Wollen wir einen Kaffee zusammen trinken? Vielleicht gleich da vorne, in der kleinen Bar?", fragt sie daher ganz mutig.
„Nichts, was ich lieber täte!", antworte der strahlende Jüngling und folgt der blendend aussehenden Carmen.
„Ich heiße Ramon. Du bist mir gleich aufgefallen."
Es entwickelt sich ein Gespräch, zuerst noch etwas steif, aber mit zunehmender Tageszeit immer lockerer und auch erotischer. Die beiden scheinen wie für einander gemacht zu sein. So müsste man über den weiteren Verlauf auch gar nichts berichten, jeder wird es auch so wissen.

Dieser Freitag ist nun schon vier Wochen verstrichen. Carmen und Ramon treffen sich regelmäßig, nicht nur am Freitag und auch nicht nur zum Kaffeetrinken! Ricardo bemerkt es nicht, er buddelt in seinem Garten und ist froh, wenn seine Carmen nicht so oft im Hause ist.
„Es ist heute ein ganz besonderer Freitag, mein Liebster! Wir kennen uns genau 28 Tage, 10 Stunden und 45 Minuten. Ich denke, du hast dir eine Belohnung verdient.
Sie greift in ihre Tasche und überreicht Ramon eine kleine Schachtel, die in goldenes Papier eingeschlagen ist und neben einer dunkelroten Schleife auch von einer dunkelroten Rose verziert wird. Ramon ist überrascht und aufgeregt, hat er doch niemals mit einem Geschenk gerechnet. Carmen findet, er packt es viel zu schnell aus, aber die Neugierde hat Ramon fest im Griff. Ein kleines, dunkelblaues Kästchen liegt in seiner rechten Hand, ein Schmucketui! Nach dem Öffnen erblickt der Überraschte

einen goldenen Ring, in dessen Mitte ein R in einem geschwungenen Herzen zu erkennen ist.

„Ich habe ihn für dich anfertigen lassen, mein Geliebter!", haucht Carmen ihrem Freund ins Ohr.

Der Tag wird nicht nur mit einer Flasche kostbaren Sektes gefeiert.

Viel später als ursprünglich geplant kommt Carmen zurück nach Hause zu ihrem Mann. Ein vor dem Haus stehender Wagen der Guardia Civil erstaunt die Ehefrau, die sich sofort ins Innere begibt, um sich nach der Ursache zu erkundigen.

„Stell dir vor, Carmen, man hat bei uns eingebrochen. Es fehlen einige wertvolle Bilder und die beiden kostbaren Statuen, die immer auf dem Kaminsims standen."

Die anwesenden Polizisten sichern Spuren und entdecken tatsächlich an der Verandatür Fingerabdrücke und hoffen somit, den oder die Täter relativ schnell ausfindig machen zu können.

„Haben die Einbrecher auch das Geld und die anderen Wertgegenstände entwendet?", erkundigt sich Carmen besorgt, während die Uniformierten noch immer ihrer Arbeit nachgehen.

„Nein, glücklicherweise nicht. Scheinbar bin ich zu früh nach Hause gekommen, sie sind wohl gestört worden. Selbst das Bargeld, es lag auf dem Schreibtisch, haben sie liegengelassen."

Die Beamten der Guardia Civil erkundigen sich, ob denn jemand von dem hohen Bargeldbestand im Haus gewusst haben könne? Ricardo erklärt, er hätte sich einen neuen Wagen bestellt, der in den nächsten Tagen geliefert werden solle, dafür auch das Bargeld.

„Sicherlich haben es einige Personen gewusst. Da wäre der Kassierer der Bank, der Leiter der Bank, bei dem ich den Betrag angefordert habe. Dann natürlich der Chef des Autohauses und der Verkäufer, der mich bedient hat. Na ja, meine Frau und die Haushälterin natürlich auch. Für diese beiden Personen lege ich allerdings meine Hand ins Feuer, weder Juana, sie arbeitet schon seit 30 Jahren in unserem Haus, noch meine Frau kommen für die Tat in Frage!", erklärt Ricardo mit einem Lächeln und Augenzwinkern, das an seine Frau gerichtet ist.

Die Ermittlungen der Polizei bleiben in den nächsten Tagen erfolglos. Die Fingerabdrücke sind nirgends registriert, eine Zuordnung ist somit nicht möglich. Einen Tag bevor endlich der neue Wagen eintrifft, verabredet sich Carmen erneut mit ihrem Liebhaber. Angeblich ist sie für einen Tag nach Jerez gefahren um dort eine Ausstellung eines spanischen Künstlers zu besuchen. Die beiden Verliebten treffen sich, zum vereinbarten Zeitpunkt in einer kleinen Bar in einer Seitenstraße, damit sie auch niemand erkennt. Am Kreisel in der Stadt hat sich Carmen ein Hotelzimmer reserviert, dort hat sie ihre Kleider gewechselt und sich für das Beisammensein am Nachmittag frisch gemacht. Ein bezaubernder Tag, schöne Bilder und ein romantischen Treffen im Geheimen.

Erst weit nach Mitternacht kommt Carmen wieder nach Hause. Das Grundstück ist weiträumig abgesperrt, Polizeiautos und Uniformierte soweit man schauen kann. Erst als klar ist, wer sie wirklich ist, darf sie ihr eigenes Grundstück betreten. Ricardo ist in den Mittagstunden ermordet worden, erklären die Polizisten. Erneut wurde eingebrochen, das Bargeld und auch der Schmuck sind

gestohlen worden. Die Polizei nimmt an, Ricardo hätte den Täter überrascht und der hätte sich gewährt und den Hausherr mit einer Blumenvase erschlagen. Carmen ist fassungslos und bricht weinend zusammen.
Die Polizei tappt weiterhin im Dunkeln und auch die Suche bei den Bankangestellten und im Autohaus bleibt ohne Ergebnis. Der Täter, der auch bei diesem Einbruch seine Fingerabdrücke hinterlassen hat, kann nicht identifiziert werden.

Wochen später, es ist wieder einmal ein Freitag, streicht Carmen über den Markt in Conil. Gegen ein Uhr sitzt sie in der kleinen Bar an der Ecke der Promenade um einen Kaffee zu trinken. Zufällig entdeckt sie am Finger eines jungen Mannes einen Ring, den sie vor Jahren ihrem verstorbenen Mann Ricardo schenkte. Carmen versteckt sich, damit der junge Mann sie nicht entdecken kann. Dann greift sie in ihre Tasche und ruft die Notrufnummer. Die herbeigeholten Polizisten verhaften den Mann und machen eine unsagbare Entdeckung. Die Fingerabdrücke des jungen Mannes passen zu den Einbruchspuren im Hause des Ermordeten. Der Ring, der am Finger des Festgenommenen gefunden wurde, gehört zu den als gestohlen gemeldeten Schmuckstücken. Carmen ist froh und der Fall des zweifachen Einbruchs in die Villa und der Mord an ihrem Ehemann Ricardo sind aufgeklärt. Der Täter, ein junger Mann, der in Chiclana wohnt und Ramon heißt, wird für viele Jahre ins Gefängnis gesperrt werden.
Die vielen Bücher, die Carmen sich im Laufe der vergangenen Monate über wahre Kriminalfälle, über Methoden

und Praktika gekauft hat, entsorgt sie im Kamin. Jetzt braucht sie diese Informationen nicht mehr.

Weihnachten

Langsam wurde es wirklich Zeit. Nur noch wenige Tage bis das große Fest vor der Tür stehen würde. Weihnachten, das Fest der Liebe! Wie hatten wir die Festtage in den letzten Jahren verbracht? Schon Mitte November waren wir gemeinsam in die Stadt gefahren und hatten uns über die neuen Trends zur Baumdekoration informiert. Einkaufszettel wurden vorbereitet, fürs Essen, für die Weine, Kerzen und Servietten, aber auch noch fehlenden Geschenke wurden aufgelistet. Vorfreude ist bekanntlich die schönste Freude! Aber in diesem Jahr war es ganz anders. Helmut interessiert sich schon seit geraumer Zeit weder für den Haushalt, noch, wenn ich ganz ehrlich bin, für mich. So schlecht sehe ich doch nun wirklich nicht aus! Warum müssen sich Männer immer über ihre Affären definieren? Ist es denn wirklich so schwer, nur Einer treu zu bleiben? Warum klappt es bei mir? Ich schüttele meinen Kopf und schaue, wohin es mich geführt hat. Ich stehe vor der Truhe, in der sich das leckere Geflügel stapelt, hart gefroren und voller Erwartung in die Röhre des heißen Ofens zu gelangen. Da kommt mir die Idee!
Helmut und ich sind schon seit fast zwanzig Jahren verheiratet. Einen großen Freundeskreis gibt es nicht, aber einige, wenige, gute Freunde, mit denen wir viel Zeit verbringen. Ich will gar nicht alle erwähnen, nur die Bauers, Hans und Elke Bauer. Helmut und Hans kennen sich schon seit ihrer Schulzeit, sie haben sich nie aus den Augen verloren, obwohl sie sich heute eigentlich nicht mehr so sehr viel zu sagen haben. Hans ist einer der ganz

hohen Tieren bei der Kripo. So wundert es auch nicht, dass Elke, seine Frau, fast zwanzig Jahre jünger ist und verdammt gut aussieht. Helmut hat ihr oft genug bewundernde Blicke zugeworfen, denen oft auch Komplimente folgten, die Hans noch stolzer werden ließen. Abwechslung verschaffte sich Helmut jedoch bei anderen Frauen. Elke hat es nie zugelassen, Helmut sei nicht ihr Typ, hat sie oft genug erklärt. Ich weiß eigentlich gar nicht, wo Helmut seine Opfer immer findet. Vielleicht auf dem Weg zur Arbeit? Oder im Büro? Helmut ist kaufmännischer Leiter in einer Firma, die Kleiderbügel herstellt. Ja, ich weiß, ein spannender Job! Den Mädchen ist es egal, Hauptsache Geld und Zeit. Ach ja, ein Auto. Mein Mann fährt einen BMW der Fünfer-Klasse, gehört dazu, wenn man Chef ist, sagt Helmut immer.
Ehrlich, ich weiß gar nicht, seit wann er mich betrügt. Ich weiß nur, es reicht! Ich habe es nicht verdient, von meinem Mann betrogen zu werden. Und Helmut, der ahnt nicht einmal, dass ich es weiß. Nie hat er auch nur den Versuch unternommen, ihr Parfüm mit seinem zu kaschieren. Letzten Monat, als ich ihn fragte, mit wem er denn in dem kleinen, romantischen Lokal zum Essen war, hat er nicht eine Sekunde überlegt, er hatte sofort eine Antwort parat: mein Kollege. Klar, habe ich ihm geantwortet, da würde ich auch mit meiner Kollegin einkehren, wenn ich eine hätte! Helmut hat nicht mal zugehört, was ich geantwortet habe. Er hat geantwortet: mach es doch!

Ich gehe weiter durch den Supermarkt. Immerhin, am Wochenende wollen wir gemeinsam mit Elke und Hans, wie in jedem Jahr, den Tag des Winteranfangs verbringen.

So eine blöde Idee konnte auch nur Helmut haben. Wer nimmt schon den Tag des Winteranfangs als Anlass, sich mit seinen Freunden zu treffen? Es läuft dennoch jedes Jahr gleich ab. Ein schöner Spaziergang im Wald, Glühwein und zum Abschluss ein leckeres Essen. In diesem Jahr kommen die beiden zu uns, es geht immer umschichtig. Was koche ich bloß? Von einer inneren Macht geführt stehe ich wieder vor den Truhen mit den Gänsen und Putern. Das ist doch kein Zufall?

Die fünf Tüten landen im Kofferraum, dann geht es ab nach Hause. Helmut hat bald Feierabend, er mag es nicht, wenn ich dann nicht schon mit einer heißen Tasse Kaffee auf ihn warte. Gestern ist er über drei Stunden später gekommen, als sonst. Dafür mit Lippenstift am Hemd. Ich bin gespannt, ob er heute pünktlich kommt. Ob er wohl immer dieselbe Freundin hat? Wie nennt Hans das noch fachmännisch? H W G. Genau, H W G, häufig wechselnden Geschlechtsverkehr. Komisch, warum Hans das wohl gerade Helmut erzählt hat, damals auf dem Grillfest bei einer Kollegin, die aus dem Betrieb ausgeschieden ist?
Ich verstaue meine Einkäufe in der Gefriertruhe. Die Putenkeulen, zwei riesengroße, im unteren Korb, den tiefgefrorenen Rosenkohl im oberen Korb. Alles muss schließlich seine Ordnung haben, denke ich, während ich die Truhe verschließe. Ein Blick auf die Uhr auf dem Kamin sagt mir, auch heute kommt Helmut wieder viel zu spät. Gut, dass ich keinen Kaffee gekocht habe. Bäh! Nicht mit mir. Oh, das Telefon klingelt.
„Verena, stell dir vor, Elke ist fort! Sie ist mit einem Koffer und dem ganzen Geld einfach abgehauen!"

Hans ist total aufgeregt, während er mir in allen Einzelheiten erklärt, was er entdeckt hat. Elke hat alles liquidiert, die Wertpapiere, die Krüger Rand und sogar das alte Tafelsilber, es gehörte seiner Urgroßmutter!
„Verena, kannst du dir das vorstellen? Sie hat einen Brief auf meinen Sekretär gelegt. Ich soll nicht nach ihr suchen. Sie würde sowieso nicht wieder nach Hause kommen. Verena, was soll ich machen?"
Ich schlage Hans vor, erst einmal ruhig zu bleiben. Ich werde zu Hans fahren, ja, das mache ich. Hans ist froh, so ist er doch nicht in der Stunde des Schreckens alleine. Ich erkläre ihm, ich müsse noch auf Helmut warten, er sei auch schon seit zwei Stunden überfällig. Dann lege ich langsam den Hörer auf. Warum ich nun wieder vor der Truhe stehe, im Keller, in dem die dicken Putenkeulen liegen, weiß ich nicht wirklich. Dann höre ich ein Auto in die Garage fahren. Helmut? Ich schließe leise die Kühltruhe und öffne die Tür zum Nebenraum, in dem sich unsere Garage befindet. Helmut telefoniert. Er lacht und scherzt. Dann höre ich, wie er Zärtlichkeit gepaart mit Küssen durch den kleinen platinüberzogenen Apparat schickt. Ich koche vor Wut. Plötzlich dreht sich Helmut um und entdeckt mich, wie ich die Putenoberkeule in der Hand halte!

Schön, dass ich den kleinen Weihnachtsbaum als Kübelpflanze schon gekauft habe. Das Loch ist schnell vorbereitet, direkt vor dem großen und breiten Fenster des Wohnzimmers. Helmut hat hier seinen Schaukelstuhl stehen, den liebt er besonders. Vielleicht sollte ich das Loch doch noch etwas tiefer ausheben? Sicher ist sicher.

Zum Glück hat es noch nicht gefroren in diesem Jahr. So, jetzt noch die Erde um den Ballen fest andrücken, fertig. Ich betrachte meine Arbeit und finde, die bunten Lichter der Außenkette werden sich hier besonders gut machen.
Ich gehe schnell noch unter die Dusche und ziehe mich um. Hans wird schon warten. Rotwein hat er mir versprochen. Keine zwanzig Minuten später treffe ich ein.
„Hans, stell dir vor! Helmut ist auch nicht nach Hause gekommen. Ob er mit Elke zusammen …?"
Wir diskutieren viele Stunden. Hans versucht immer wieder seine Elke per Handy anzurufen. Ohne Erfolg. Auch ich erreiche Helmut natürlich nicht, obwohl ich es mindestens zwanzig Mal versuche. Kurz vor zwei Uhr erkläre ich Hans, ich würde nun nach Hause fahren.
„Vielleicht ist Helmut schon lange nach Hause gekommen? Vielleicht liegt er schon im Bett? Hans, aber, wenn nicht, den Sonntag sollten wir auf alle Fälle zusammen verbringen! Ich habe doch schon die Putenkeulen gekauft!"

Zur geselligen Mitte

Die Buchstaben der Leuchtreklame waren schon von weitem zu erkennen. Das Lokal „Zur geselligen Mitte" feierte heute bereits sein fünfjähriges Bestehen. Kein Wunder, so viele Spezialitäten, wie hier, gab es in der Umgebung nirgends. Qualität wurde groß geschrieben, alle Speisen wurden frisch zubereitet, so etwas spricht sich schnell rum. Anlässlich des Jubiläums hatte der Chefkoch etwas ganz besonderes gezaubert. Lammbraten mit Rosmarin, Thymian und einer speziellen Sauce, die aus vielen geheimen Zutaten und dem selbst veredelten Senf des Sternekoches bestand. Das Lokal war ausgebucht und die lokale Presse eingeladen worden. In dieser Gegend gab es nicht so häufig etwas wirklich Spektakuläres, über das die Presse berichten konnte. Schon Stunden vor Öffnung des Restaurants herrschte ein emsiges Treiben, das Personal war fast vollständig angetreten und rotierte in der Küche. Die Tische waren fertig eingedeckt, der Wein auf die richtige Temperatur vorgekühlt und noch immer kamen per Telefon Anfragen auf einen zu reservierenden Tisch. Das Lokal war ausgebucht, der Chef aufgeregt und die Gäste waren hungrig und voller Erwartung auf einen netten Abend.

Schon dreißig Minuten vor der offiziellen Öffnung standen die Ersten vor dem Lokal. Enrique, der Besitzer geleitete jeden Besucher, die meisten kannte er persönlich, freundlich an seinen Tisch und kredenzte gratis ein Glas Sekt. Die Bedienungen wuselten nur so durch das Lokal um die Bestellungen aufzunehmen. Der spezielle Lammbraten wurde so häufig bestellt, dass der Küchenchef schon Angst hatte, er würde nicht bis zum Schluss reichen.

„Wir hätten eben nicht nur ein Lamm als Tagestipp auf die Tafel schreiben sollen, Chef", zeterte der Koch, der das Gefühl hatte, auf ihn würde sowieso nie jemand hören.

„Komm, gib Ruhe, Nummer Zwei. Zum Reden haben wir heute nun wirklich keine Zeit. Kümmere dich lieber um die Lorbeerkartoffeln, anstatt dir mein Hirn zu zermartern!"

Uwe, der Chefkoch, dass wusste hier jeder, gab kurze und genaue Anweisungen, an die sich alle halten mussten. Dafür klappte es aber auch immer in der Küche und es gab viel Lob, nicht nur von den Gästen. Darüber war gerade Gerd nicht erfreut, da er nicht immer nach der Pfeife des Kollegen tanzen wollte.

„Fünf Lamm und zwei Lavendelhühner!", rief die Bedienung laut in die Küche.

Damit war auch Koch Gerd, liebevoll Nummer Zwei genannt, verstummt und wendete sich still seiner Arbeit zu.

Das Gemurmel aus dem Gastraum wurde jäh durch einen Aufschrei unterbrochen. Kurz trat Stille ein, dann hörte man das Rücken der Stühle und scheinbar fiel auch etwas zu Boden. Uwe unterbrach seine Arbeit und schielte durch die Pendeltür, die Küche und Gastraum trennte.

„Was ist denn da los? Tumult am Jubiläumstag? Das versteh nun einer", murmelte der Koch und schaute sich zu seinen Kollegen in der Küche um, während er seine Kochmütze vom Kopf nahm und sich die verklebten Haare raufte.

Der anwesende Reporter hatte schnell reagiert und einen Rettungswagen angefordert, dabei aber die Kamera, die er pflichtbewusst dabei hatte, im Anschlag. Klick, klick, klick. Ein Gast lag am Boden, er hatte sich erbrochen und krümmte sich vor Schmerzen. Einer jungen Frau schien es nicht besser zu gehen, sie war bemüht die Flecke des Erbrochenen aus ihrem weißen Kleid zu reiben. Erneute Übelkeit überkam sie und das Kleid war nun auch nicht mehr zu retten. Enrique stand wie eine Säule inmitten seiner Gäste, die jammerten und zeterten, sich erbrachen und schimpften. Einige hatten, ohne zu bezahlen, fluchtartig das Restaurant verlassen und nicht einmal vor der Tür gewartet, sondern es vorgezogen ganz zu verschwinden. Die Sirene eines Rettungswagens brachte kurze Beruhigung in das Treiben. Die eintreffenden Sanitäter waren vom Ausmaß der Geschädigten überrascht und forderten sofort Verstärkung an. Die ersten Gäste wurden bereits auf Tragen aus dem Lokal in den auf dem Gehsteig geparkten Rettungswagen verfrachtet, als weitere Sirenen verdeutlichten, wie schlimm es hier zuging.
In der Küche stand Uwe immer noch mit der Kochmütze in der Hand vor der Pendeltür. Gerd hatte entgegen allen sonstigen Gewohnheiten flink angefangen abzuwaschen. Keiner kümmerte sich um ihn und was er tat. In der Spüle thronte die große Schüssel, in der Uwe gestern noch den Senf verfeinert hatte. Gerd schrubbte sie blitzsauber und stellte sie zurück an ihren Platz. Ein Lächeln huschte über sein Gesicht, er grinste zufrieden und rieb sich dann die Hände, so als wolle er sich wärmen. Uwe, der sich genau

in diesem Moment umdrehte, wunderte sich über den Eifer seines Beikochs.

„Leute, macht Schluss für heute. Was auch immer da draußen passiert ist, Bestellungen werden heute nicht mehr kommen. Bis morgen."

An seinen Kollegen Nummer Zwei gerichtet erklärte er:

„Was ist denn mit dir los? Hast du ein schlechtes Gewissen, oder warum hast du sogar meinen Kram mit abgewaschen?"

Gerd hob die rechte Hand und wollte damit andeuten, es sei nicht der Rede wert.

Die Zeitungen am nächsten Tag hatten ihre Schlagzeile: Gift im Essen? Mehr als zwanzig Gäste im Krankenhaus!

Enrique war fassungslos, als er von den Untersuchungsergebnissen aus dem Krankenhaus hörte. All seine Gäste hatten eine Lebensmittelvergiftung erlitten. Allerdings lag es nicht an der Qualität des Essens, die Ware war frisch, wie immer. Nein, man hatte im Labor Gift festgestellt. Es wirkt relativ schnell, führt in kleinen Mengen nicht zum Tod und ist sehr schwer nachweisbar, weil es fast geschmacksneutral ist. Der Chemiker hatte es eher zufällig herausgefunden, da auch er an diesem Abend im Lokal gewesen war. Befragungen ergaben, dass alle Betroffenen den Lammbraten bestellt hatten, nur er nicht. Vielleicht ist es auch seiner Aufmerksamkeit und Reaktion zu verdanken, dass man der Sache so schnell Herr wurde. Unbemerkt hatte der Krankenhausangestellte in dem Gedränge des Abends einige Essensproben mitgenommen und noch in der Nacht im Labor untersucht.

Wie jeden Morgen erschienen alle Angestellten pünktlich um zehn Uhr zur Tagesbesprechung. Uwe war fix und fertig, man sah ihm an, dass er in der Nacht kaum geschlafen hatte. Gerd dagegen schien ausgeschlafen und glücklich.

„Ich kann mir das nicht erklären, Leute", begann Enrique seine Ansage.

„Man hat festgestellt, dass so ein komisches Gift, den Namen habe ich vergessen, im Essen war. Uwe, du hast doch den Senf zubereitet? Was hast du da bloß reinegemacht?"

Der Sternekoch schaute erschrocken hoch und lief knallrot an.

„Ich?", stotterte er.

„Ja, du. Das Gift wurde im Senf festgestellt. Du hast doch den Senf verfeinert! Pah, das ich nicht lache! Verfeinert! Meine Existenz ist ruiniert. Ich kann den Laden schließen. Wer, glaubst du, kommt noch zu uns?", donnerte Enrique und schlug dabei mit der Faust auf den derben Holztisch.

„Ich habe...", wollte Uwe gerade ansetzten, aber Enrique unterbrach ihn.

„Mein Lieber, damit bist du eindeutig zu weit gegangen. Du bist entlassen. Ich werde dich anzeigen. So nicht."

Dann dreht der Chef sich um und wollte das Lokal in Richtung Büro verlassen. Die Tür schon in der Hand drehte er sich noch einmal kurz un und rief:

„Gerd. Du bist ab heute die Nummer Eins. Mach dass du in die Küche kommst. Die Gäste kommen gleich!"

Gerds Gesicht durchzog ein zufriedenes Grinsen, während er sich langsam erhob und seine Kochhose hochzog blickte er noch einmal zu seinem alten Chef Uwe und blinzelte ihm zu. Dann verschwand der neue Chefkoch in die Küche um die Arbeit aufzunehmen. Immerhin war am gestrigen Abend kaum etwas übrig geblieben. Viel Liebe und Zeit investierte Uwe auf die Verfeinerung des Senfes, der als ganz besondere Spezialität des Hauses galt!

Im Kaufhaus

Unaufhörlich öffnete und schloss sich die Tür zum Eingang des Kaufhauses. Menschen, die hastig in den Konsumtempel eilten und schwer beladen diesen wieder verließen. Ältere Besucher unterschieden sich von Jüngeren scheinbar nur an der Gangart oder an ihrer Kleidung. Die Kühle des Spätnovembertages hatte sich mit Nieselregen vermischt und ließ auch das letzte Lächeln in den Gesichtern gefrieren. Direkt neben der Luftschleuse der Eingangstür saß schon seit Stunden ein Obdachloser auf einer alten und zerschlissenen Decke. Neben ihm kauerte ein ebenso alter und strubbliger Hund, der nur noch aus Haut und Knochen bestand. Vor sich stand eine Styroporschale, auf der noch die Spuren des Ketchups zu erkennen waren. Einige, wenige Münzen lagen bereits darauf und Horst, so hieß der Obdachlose, hoffte auf mehr Spenden. Aber nur wenige der Vorbeieilenden bemerkte Horst und seinen armen Hund überhaupt. Sie waren im Stress, es gab ja noch so viel zu erledigen. Weihnachten stand vor der Tür, wie jedes Jahr, obwohl es den Anschein hatte, es käme, auch wie jedes Jahr, völlig überraschend.
Hans schaute nicht auf, sein Blick war immer nur auf den Boden und auf die vorbeieilenden Schuhe gerichtet. Plötzlich blieb ein Paar davon vor ihm stehen. Der Hund hob seinen schwachen Kopf an und gab einige leise eher grunzende Töne von sich. Hans legte seine rechte Hand auf seinen Freund um ihn zu beruhigen. Die Schuhe standen noch immer regungslos vor ihm. Langsam hob Hans den Kopf an und kletterte mit seinen Blicken and der

Hose des Unbekannten empor. Die Kleidung war dem Wetter angepasst und eher derb als elegant. Sein Blick erreichte das Ende der Gestalt und Horst schaute in das Gesicht eines Mannes, dessen Alter er nicht einschätzen konnte. Neugierig wartete der Obdachlose ab.
„Steh auf und geh ins Kaufhaus. Du gehst einfach geradeaus und steigst in den Fahrstuhl."
Horst glaubte, der Fremde mache sich einen Spaß mit ihm und schüttelte nur ein wenig seinen Kopf, während er seinen Hund zärtlich streichelte.
„Ich sage dir, steh auf und geh in das Kaufhaus und steige in den Fahrstuhl! Na los, nun geh schon. Ich bleibe hier und passe auf deinen Hund auf", erklärte der Fremde erneut und bückte sich dabei um die Leine des Hundes zu greifen.
Horst wusste nicht warum, aber er folgte der Aufforderung und überließ dem Unbekannten seinen einzigen Freund. Er rappelte sich hoch, der Namenlose half ihm und setzte sich danach auf den Platz am Boden. Horst schaute sich noch einmal um und ging dann mit schleppenden Schritten ins Innere des Warenhauses. So viele Menschen drängten sich, so viele Gerüche und Geräusche, so viele Eindrücke, Horst war verängstigt. Aber eine innere Macht sagte ihm: geh zum Fahrstuhl. Die anderen Kunden schienen Horst gar nicht wahrzunehmen, bis zu dem Moment, wo er vor dem Fahrstuhl stand. Einige hielten sich ein Taschentuch vor Mund und Nase, andere gingen einige Schritte zur Seite. Eine Frau, die in einen Pelzmantel gehüllt war, schimpfte und erklärte, so etwas müsste verboten werden! Ein jüngerer Mann stimmte ihr zu und entfernte sich mit den Worten: ich hole den Sicherheits-

dienst. Horst blicke beschämt auf den Boden und schwieg. Dann öffnete sich die Fahrstuhltür und etwa fünfzehn mit Plastiktüten bepackte Kaufwillige drängten sich an Horst vorbei, der einfach stehen geblieben war. Der Fahrstuhl war leer. Horst blickte sich um, aber keiner wollte einsteigen. Vorsichtig setzte Horst einen Fuß vor den anderen, es war Jahre her und er hatte das Gefühl ganz vergessen, wie es ist in einen Fahrstuhl einzusteigen. Die Türen schlossen sich und Horst war nun mit sich und seinem Spiegelbild ganz alleine. Der Fahrstuhl setzte sich in Bewegung und es ging aufwärts. Nach kurzer Fahrt ruckelte es ein wenig und die Kabine kam zum Stillstand. Der Obdachlose dreht sich um und wartete darauf, dass sich die Tür öffnete, durch die er gerade eingestiegen war. Zu seinem Entsetzten jedoch öffnete sich die Rückseite und es drang leise Musik in Innere. Unsicher blickte Horst aus der Tür und sah in einen grünen Garten. Überall blühten bunte Blumen und in den Bäumen saßen kleine Vögel und zwitscherten vor sich her. Horst traute seinen Augen nicht und ging vorsichtig weiter. Das Geräusch der sich schließenden Fahrstuhltür versetzte den Mann in Angst und Schrecken. Er schaute sich um, aber die Tür war verschwunden und er stand vor einem großen Ahornbaum. Singende und lachende Stimme drangen an sein Ohr und mutig geworden, es gab sowieso kein Zurück, machte sich Horst auf den Weg, den Garten zu erkunden. Er entdeckte dunkelrote Rosen, die um eine Parkbank herum angepflanzt waren. Auf der Bank saß eine ältere Frau, die einen Apfel aß. Horst näherte sich ihr vorsichtig, da er damit rechnete, dass die Frau ihn gleich fortschicken würde. Aber genau das Gegenteil passierte.

„Komm, setzt dich zu mir. Hier, nimm auch einen von diesen leckeren Äpfeln", forderte die Fremde Horst auf und rückte ein Stücken zur Seite, damit er genüge Platz hatte um sich zu setzten.

„Wo bin ich hier?", fragte Horst schüchtern und öffnete die Knöpfe seines zerschlissenen Mantels, da ihm warm geworden war.

„Du bist im Garten des Lebens!", erwiderte die Frau und hielt noch immer den Korb mit den Früchten in der Hand.

„Nun nimm schon, sie schmecken wirklich gut!"

Horst biss gierig in den Apfel und schaute sich interessiert weiter um. Überall waren kleine Rabatten angelegt, in deren Mitte sich Bänke befanden, auf denen Menschen saßen und redeten. Etwas weiter entfernt entdeckte Horst einen kleinen See auf dem Schwäne schwammen und Enten nach Futter tauchten.

„Du bist neu hier, richtig?", fragte die Fremde.

Horst nickte und biss erneut gierig in den Apfel.

„Und du? Wie heißt du? Bist du schon lange hier? Und...", doch dann verstummt Horst wieder.

Er hatte auf dem Weg etwas entdeckt, was ihm die Sprache verschlagen hatte. Neben einem Baum sah er einen kleinen Hund, der gerade freudig wedelnd sein Bein hob. Der Hund sah seinem kleinen Freund zum Verwechseln ähnlich. Dann lief der Hund weiter und direkt auf Horst zu, setzte sich vor ihm hin und sah ihn erwartungsvoll an.

„Ja, sag, Paul, wo kommst du denn her?", fragte Horst und bückte sich zu seinem Hund hinunter.

„Ich heiße Karla. Ich bin schon eine ganze Weile hier, wie lange, kann ich gar nicht sagen. Die Zeit spielt hier im

Garten keine wirkliche Rolle. Es scheint immer die Sonne, die Vögel zwitschern und es gibt immer genug zu essen. Und du, bleibst du hier?"
Horst schaute verwundert zu seiner neuen Bekanntschaft. Er war noch immer so verwirrt über all das hier, konnte nichts von dem begreifen oder glauben.
„Karla, kneif mich mal! Ich glaube ich träume. Das hier ist doch nicht real? So etwas gibt es doch nicht wirklich. Aua!", schrei Horst plötzlich und lachte.
Karla hatte ihn in den Arm gekniffen und es hatte wehgetan. Horst schüttelte sich und zog nun den alten Mantel aus. Die Sonne schien und es war hier im Garten sommerlich warm, es war hier nichts von dem rauen Novemberwetter zu spüren.
„Komm mit, wir gehen ein bisschen spazieren."
Während Horst durch den Garten ging entdeckte er überall fröhliche Menschen. Einige kamen auf ihn zugelaufen und reichten ihm die Hand zum Gruß. Andere blieben einfach an Ort und Stelle und winkten lachend herüber. Horst näherte sich einem Gebäude, das hinter einigen Büschen und Hecken versteckt stand.
„Geh nur, wir treffen uns sicherlich später noch einmal!", verabschiedete sich Karla und ging winkend davon.
Horst betrat das Gebäude, das von außen viel kleiner wirkte, als von innen. Unbekannte Aromen drangen an seine Nase, er näherte sich und landete im Badehaus. Der Glückliche entdeckte zahlreiche Badewannen, die bis oben hin mit Schaum gefüllt, scheinbar nur auf ihn warteten. Horst konnte sich nicht mehr daran erinnern, wann er das letzte Mal eine solche Wohltat erleben durfte. Mit noch feuchten Haaren verließ er den Badetrakt und

folgte den Hinweisschildern zum Umkleiden. Hinter einem Tresen stand eine junge Frau und schaute kurz auf Horst, drehte sich um und erschien fast im gleichen Moment mit vielen neuen Kleidern. Die junge Frau reichte ihm eine Jacke, die ihm passte, als wäre sie für ihn geschneidert worden. In einem kleinen Nebenraum zog Horst sich um, die alten Kleidungsstücke ließ er einfach liegen. Beim Verlassen des Raumes waren sie schon verschwunden. Im nächsten Raum entdeckte Horst einige Frisöre, die vor Stühlen und Spiegeln auf Kunden warteten. Jeder hier im Garten schien sich zu freuen, dass Horst nun endlich bei ihnen angekommen war. Der Friseur griff zur Schere und in Null-Komma-Nichts waren die Haare geschnitten, der Bart abrasiert und Horst sah aus wie neugeboren.

Vor der Tür auf einer Bank saß Karla und winkte ihrem neuen Freund strahlend zu. Horst ging zu ihr und setzte sich neben sie. In dem kleinen Brunnen schwammen einige Goldfische, die Karla mit Brotkrumen fütterte.

„Karla. Wo sind wir? Garten des Lebens? Wo ist das? Wieso bin ich hier? Erklär mir, wieso. Ich werde sonst noch ganz irre im Kopf!", forderte Horst die Frau an seiner Seite auf.

Karla hob nur kurz die Schultern und blieb stumm.

Scheinbar verging die Zeit im Garten nur sehr langsam. Da es nie Nacht wurde konnte Horst auch nicht sagen, wie lange er bereits im Garten lebte. Nach einer geraumen Zeit erschien ein Mann an der Bank, auf der Horst saß und mit seinem kleinen Hund spielte.

„Hallo Horst!", begrüßte ihn der Unbekannte.

Horst schaute auf und erkannte in seinen Augen, dass er der Fremde von der Straße war, der ihn in den Fahrstuhl geschickt hatte.

„Dir geht es gut und auch dein Hund hat ordentlich an Gewicht zugelegt. Ihr schaut jetzt richtig gesund aus. Wie gefällt es dir hier?"

Horst konnte seine Freude gar nicht in Worte fassen, so freute er sich, den Fremden wieder zu sehen.

„Ich danke dir, dass du mich hierher gebracht hast. Es ist hier wie im Himmel!"

„Horst. Du musst dich nun entscheiden. Jeder, der hier lebt, muss sich nach einiger Zeit entscheiden. Möchtest du zurück in dein altes Leben? Oder möchtest du hier im Garten bleiben? Bedenke aber, das alte Leben hält noch viele Überraschungen für dich bereit! Hier wird alles so sein, wie du es in den letzten Tagen erleben durftest. Hier scheint immer die Sonne, es gibt immer genügend zu essen und zu trinken, du hast Freundschaften geknüpft und neue Kleider. Du kannst zurück, wenn du möchtest. Zurück in deine alte Welt und in dein altes Leben. Wie entscheidest du dich?"

Horst war unsicher. Es war hier so schön. Aber würde er auf Dauer hier wirklich glücklich bleiben können? Vermisste er nicht schon jetzt den Regen und die Nacht? Würde er auf ewig ohne Sorgen leben können? Horst schaute auf, der Fremde war verschwunden. Horst erhob sich und stand plötzlich wieder in dem Fahrstuhl im Kaufhaus. In seinem Inneren hatte sich Horst entschieden. Frisch rasiert und mit den neuen Kleidern verließ er das Kaufhaus und begrüßte freudig seinen Hund, der vor der Tür auf der alten Decke auf ihn wartete.

Ein ganz besonderer Abend

*E*s war einer dieser wunderschönen Abende, die es leider viel zu selten gibt. Das Thermometer zeigte noch 24 °an, der Wind, der noch tagsüber sehr unangenehm gewesen war, hatte sich verabschiedet und der Himmel war sternenklar. Auf der Terrasse des kleinen Einfamilienhauses hatten es sich Hans und Veronika gemütlich gemacht. Zur Feier des Tages wurde eine Flasche Rotwein geöffnet, die guten Gläser, die es sonst nur an Feiertagen gab, standen auch schon bereit. Veronika hatte sich aufgerafft und sogar auf dem Markt leckeren Käse und Weintrauben, sowie etwas luftgetrockneten Schinken eingekauft. Hans, der extra heute eine Stunde früher Feierabend gemacht hatte, war auf dem Nachhauseweg noch an dem kleinen Blumenladen angehalten und hatte eine wunderschöne, langstielige, dunkelrote Rose erworben. Veronika war seine ganz große Liebe. Dennoch feierten die Beiden trotz ihres Alters, sie hatten die Fünfzig schon gut überschritten, erst ihren ersten Hochzeitstag.

Die beiden lebten früher in einem kleinen Dorf in Schleswig-Holstein und kannten sich seit der Sandkiste. Auch während der Schulzeit blieben sie unzertrennlich und es war eigentlich nicht nur ihnen klar, dass sie eines Tages heiraten würden. Aber es kam ganz anders, als alle es erwartet hatten. Hans lernte während seiner Zeit bei der Bundeswehr während eines Ausgangs mit den Kumpels eine schöne Blonde kennen und dachte, sie sei sein Schicksal. Veronika, die in ihrem Dorf auf ihn wartete, ahnte nichts von seinen Eskapaden. Als Hans dann aber während seines Urlaubs nicht zu ihr nach Hause kam, war es mit der Geheimniskrämerei zu Ende. Die Bombe platzte und Veronika verließ Hals über Kopf ihre Familie und zog nach Kiel. Von Hans hörte sie nichts mehr und seine Briefe schickte sie ungeöffnet zurück. Lange Zeit trauerte sie ihrem Hans hinterher, stürzte sich in die Arbeit und lernte mit der Trauer umzugehen. Irgendwann traf auch Veronika einen neuen Mann und dachte, er sei der richtige Partner für eine gemeinsame Zukunft. Leider stellte sich sehr schnell heraus, dass Hans eben Hans war und kein anderer Mann konnte es mit ihm aufnehmen. Veronika blieb alleine und tröstete sich selbst, indem sie viel arbeitete und jedes Jahr eine tolle und viel zu teure Reise unternahm.

Hans, der auch nicht lange mit seiner Blondine liiert blieb, trauerte zwar nicht um Veronika, vergessen aber konnte auch er sie nicht. Einige Frauen begleiteten ihn auf seinem Lebensweg, vor dem Traualtar endete aber keine dieser Beziehungen.

Anlässlich der Kieler Woche, die wie in jedem Jahr traditionell im Juni stattfand, machten sich Veronika und Hans unabhängig voneinander zufällig am selben Tag und zur selben Zeit auf den Weg, um dem Spektakel einen Besuch abzustatten.

Zwischen den Menschenmassen, die scheinbar alle in dieselbe Richtung drängten, fiel Veronika, sie hatte sich gerade ein Eis gekauft, die Geldbörse aus der Hand. Ein freundlicher Mann, der gerade in diesem Moment hinter ihr stand, bückte sich und reichte unaufgefordert das Fundstück an die Verliererin zurück. Veronika griff nach ihrem Portemonnaie und wollte sich gerade bedanken, als sich ihre Augen trafen. Der Blitz schlug ein. Hans war sprachlos, Veronikas Gesicht verfärbte sich rot und bekam hektische Flecke. Beide brauchten eine ganze Zeit, bis sie sich wieder gefangen hatten. Gemeinsam beschlossen die Beiden, am Rande des Festes über alte Zeiten zu reden und sich über Aktuelles auszutauschen. Beide waren schon erstaunt, dass sie immer noch unverheiratet geblieben waren und stellten fest, alte Liebe rostet nicht. So kam es, wie es kommen musste: Veronika und Hans waren nun endlich ein Paar geworden. Wenn es auch über 25 Jahre gedauert hatte. Mit der Hochzeit wurde nicht so lange gewartet, warum auch? Hans liebte seine Veronika, die sich ganz sicher war, nun endlich ihren Traummann wieder gefunden zu haben.

Ein Jahr ist seitdem vergangen. Das Ehepaar lebte wieder in dem kleinen Dorf in Schleswig Holstein, in dem Hans das Haus seiner mittlerweile verstorbenen Eltern renoviert und ausgebaut hatte. Sie waren so glücklich, sich endlich wieder gefunden zu haben.

Das Glück jedoch meinte es nicht gut mit ihnen. Eines Morgens, Hans war schon zu Arbeit gefahren, fiel Veronika einfach um und blieb regungslos am Boden liegen. Einem Zufall war es zu verdanken, eine Nachbarin hatte die offene Terrassentür bemerkt, dass sie schnell in ein Krankenhaus gebracht werden konnte. Hans traf der Schlag, als er telefonisch über die Einlieferung informiert wurde. Die Ärzte machten zahlreiche Untersuchungen, Tests und dann stand das Ergebnis fest: Veronika hatte einen Gehirntumor der übelsten Art. Er lag an einer Stelle, die nicht operabel war und es gab keine Hoffnung auf eine

Heilung. Die Ärzte gaben Veronika noch, mit etwas Glück, wie der Arzt sagte, zwei Monate. Hans fühlte sich schuldig. Er hatte Veronika verlassen um sich mit dieser Blondine zu vergnügen. Vielleicht wäre es ja anders gekommen? Vielleicht wäre Veronika nicht krank geworden, wenn er bei ihr geblieben wäre? Hans empfand Veronikas Krankheit als seine ganz persönliche Strafe für sein Verhalten. Aber er wollte seiner Frau auch zeigen, wie sehr er sie liebte und ihr die letzte Zeit so schön wie möglich machen.

Veronika saß nun also an diesem wunderschönen Abend auf der Terrasse und schaute in den Sternenhimmel. Hans, er war gerade in der Küche um den Wein aus der Flasche in eine Karaffe zu füllen, freute sich, dass das Wetter mitspielte. Im Norden kann man da nicht sicher sein, aber Petrus hatte ein Einsehen und so stand einem romantischen Abend nichts mehr im Wege.

Das Klirren der Gläser traf beide mitten ins Herz. Veronika liefen zuerst zaghaft, dann immer mehr, die Tränen über die Wangen hinab bis in den Ausschnitt ihrer neuen Bluse. Hans entnahm seiner dunkelblauen Freizeithose ein blütenweißes Taschentuch und wischte die Tränen zärtlich fort. Lange und innig küssten sich die Eheleute und dabei vergaßen die Beiden, dass es vermutlich ihr erster und ihr letzter Hochzeitstag sein würde. Unbemerkt hatte Hans ein kleines Geschenk auf den Glastisch auf der Terrasse gelegt, das er nun seiner Veronika überreichte. Strahlend nahm sie es entgegen und begann langsam und vorsichtig die Verpackung zu entfernen. Das Rascheln des Geschenkpapiers war lauter zu hören, als es normal war und die Spannung dieses Augenblicks konnte man spüren. Würde das kleine Präsent die Zustimmung seiner Veronika finden? Dann endlich lag ein kleines weinrotes Schächtelchen in ihrer Hand. Mit verklärtem Blick schaute sie auf und blickte in die Augen ihres Mannes.

„Warum schenkst du mir noch so wertvolle Sachen?", entwich es ihr spontan.

Sie traf damit mitten in Hans Herz und es tat ihr im gleichen Moment auch schon wieder leid. Den Blick gesenkt öffnete sie die Schatulle und schaute auf einen kleinen Anhänger an einer goldenen Kette. Zaghaft entnahm sie das Schmuckstück um es besser betrachten zu können. Der Anhänger war gerade mal drei Zentimeter groß und zeigt ein Fabelwesen, das einer Elfe oder einer Fee glich. Fragend schaute Veronika zu Hans auf.

„Diese Elfe soll dir Glück bringen. Sie wird dir helfen, ganz schnell gesund zu werden, damit wir noch oft hier an dieser Stelle unsern Hochzeitstag feiern können."

Hans legte seinen Arm um seine Frau und sie küssten sich erneut lange und innig. Dabei lösten sich erneut einige Tränen und rannen über Veronikas Gesicht. Hans hob das Weinglas und prostete seiner Frau zu, die sich noch immer den kleinen funkelnden Anhänger betrachtete.

„Warte, ich helfe dir, ich lege dir die Kette gleich an. Damit die kleine Elfe immer bei dir ist um auf dich Acht zu geben!", erklärte Hans, stellte sein Glas ab und legte seiner Veronika die goldene Kette um den Hals.

Die beiden Verliebten wurden vom Schrei eines vorbei fliegenden Käuzchen abgelenkt und waren dafür sehr dankbar. Sollte dieser Abend doch nicht mit weiteren

Tränen belastet werden, die nicht aus Freude flossen. Der Blick ging in den Sternenhimmel und es kehrte Stille zwischen den Beiden ein. Hand in Hand saßen sie und betrachteten, wie dich die Sternenbilder immer deutlicher am Himmel abzeichneten, da es nun stockdunkel war. Die letzte Laterne, die den Weg erhellte, war abgeschaltet worden, es war nach Mitternacht. Hans ging seinen Gedanken nach und hoffte immer noch auf ein Wunder. Hatten ihm die Ärzte nicht gesagt, es gäbe keinerlei Hoffnung für seine Frau? Warum nur? Warum gerade sie? Warum nicht er? Veronika, die verträumt neben ihrem Mann saß, hatte plötzlich bemerkt, dass Hans sich geschüttelt hatte. War ihm kalt geworden?
„Wollen wir rein gehen? Schatz, ist dir kalt?", frage sie mitfühlend.
Hans aber erwiderte, es wäre alles so gut und er wolle diesen Abend nicht beenden, möglichst niemals.
„Ich liebe dich, Veronika. Ich liebe dich so, wie ich noch nie einen Menschen geliebt habe!"
Seine Frau erwiderte seine Gefühle, beide schauten dabei weiter in den Sternenhimmel, so als könnten sie hier eine Antwort auf all ihre nicht gestellten Fragen finden.
Dann geschah es. Beide sahen es und beide reagierten so, wie es wohl jeder schon einmal getan hat. Eine Sternenschnuppe fiel vom Himmel, groß und extrem hell. Hans schloss die Augen ganz fest und drückte die Hand seiner Frau, die er noch immer umschlossen hielt. Seinen Wunsch schickte er dem Himmel entgegen und öffnet dann langsam wieder seine Augen. Doch die Sternenschnuppe war längst verglüht. Veronika hatte sich auch etwas gewünscht, jedoch galten diese Wünsche nicht

ihrer Gesundheit, sondern dem Wohle ihres Mannes. Hans blickte noch immer in die Richtung, in der er die Schnuppe eben noch gesehen hatte. Er zwinkerte leicht mit den Augen, denn was er da sah, konnte ja nur ein Irrtum sein. Vom Himmel fielen einzelne goldene Sterne, es sah aus, als ob es Goldstaub regnete. Erneut schüttelte sich Hans, schloss für einen ganz, ganz kurzen Moment die Augen um sie dann ganz weit aufzureißen. Der Sternenstaub aber fiel weiter vom Himmel, ganz langsam, als würde er an kleinen Fallschirmen hängen. Nun sah Veronika die Erscheinung am Himmel auch. Sie hob ihren linken Arm und zeigte stumm in den Nachthimmel. Keiner wagte es, den Blick vom Firmament zu nehmen, weil es dann sicherlich vorbei sein würde. Der goldene Staub kam dichter und sammelte sich in der Luft, so als gebe es einen Magneten, der den Staub zusammenfügte. Hans und Veronika erhoben sich schweigend aus ihren Gartenstühlen und gingen einige Schritte von der Terrasse hinaus in den Garten. Vor ihnen befand sich eine Rasenfläche, die an den Seiten mit bunten Blumen, Stauden und Büschen bepflanzt war. Hand in Hand standen die Beiden nun auf dem Rasen und schauten in den Nachthimmel. Der Goldstaub, der sich langsam absenkte, nahm Gestalt an. Zuerst konnte man eine Art Körper erkennen, dann einen Kopf und seitlich Arme. Nun glich dieses Gebilde aber keinem Menschen, nein, es sah aus, als wäre dieser Sternenstaub aus einer umgekippten Flasche geschwappt. Das Etwas hatte unscharfe Konturen und veränderte ununterbrochen seine Form. Dabei kam es aber immer näher und Hans und Veronika waren verunsichert. Was geschah hier gerade? Träumten sie?

Oder erlaubte sich da jemand einen üblen Scherz mit ihnen? Nun trennten die beiden nur noch wenige Meter, wenn man bei einer solchen Erscheinung überhaupt mit irdischen Maßen agieren durfte, von dem Goldstaub. Ein seltsames Rauschen durchzog die Luft. Veronika drückte sich den Finger in ihr Ohr und rieb kurz, um danach eventuell besser hören zu können. Plötzlich durchzog ein Klingeln die Nacht, so als würde der Weihnachtsmann erwartet werden. Der Sternenstaub verdichtete sich weiter und sank zu Boden. Bevor er diesen jedoch erreichte, es klirrte dabei unaufhörlich, gab es einen kleinen Knall und eine Elfe stand vor den beiden Verliebten. Erschrocken wichen Hans und Veronika einige Schritte zurück, mit dem Ergebnis, dass sich die Elfe ihnen im gleichen Tempo, fast synchron, näherte. Die Drei standen sich schweigend gegenüber. Hans drückte ganz fest die Hand seiner Veronika. Keiner löste auch nur einen Moment den Blick von dieser kleinen, vielleicht gerade mal achtzig Zentimeter großen Gestalt. Sie schwebte am Boden und strahlte und funkelte, wie ein Stern. Ohne auch nur die Lippen zu bewegen, sprach sie leise und überirdisch mit einer Stimme, die liebevoller und harmonischer nicht hätte sein können.

„Ihr habt mich gerufen. Hier bin ich."

Veronika schwieg und Hans, er starte auf die kleine Elfe, traute sich auch nicht etwas zu sagen.

„Hat es Euch die Sprache verschlagen? Ihr habt mich doch gerufen. Hier bin ich nun. Wie kann ich Euch helfen?", fragte die kleine Elfe und neigte dabei leicht ihren kleinen Kopf, sodass die feinen Haare leicht von ihrer Schulter fielen und ein wenig im Wind wehten.

„Ich weiß nicht...", stammelte Hans.
„Wie, du weißt nicht? Du hast dir doch etwas gewünscht, eben, als ich auf der Durchreise war. Oder habe ich mich da verhört?", fragte die kleine Elfe und Veronika blickt ganz erstaunt zu ihrem Hans.
„Ich habe mir gewünscht, dass meine Frau gesund wird. Das sie lebt und das wir noch oft hier zusammen unseren Hochzeitstag feiern können. Aber, ...", begann Hans zu erklären.
Die Elfe streckte ihren rechten Arm und dabei hob sie etwas vom Boden ab. Sie war ja so klein und konnte ihr Ziel, Veronikas Gesicht, sonst nicht erreichen. Sanft strich sie über ihre Wangen, es war so, als würde der Wind einen Hauch hinterlassen. Dann senkte die Elfe sich wieder zu Boden und schaute erwartungsvoll auf Veronika.
„Und du? Hast du denn sonst gar keine Wünsche?", fragte sie neugierig.
„Ich?", erwiderte Veronika, die immer noch zu träumen glaubte.
Die kleine Elfe nickte mit ihrem goldenen Kopf und dabei lösten sich einige Goldsplitter von ihrem Gewand und fielen in den Rasen.
„Ich möchte nur mit meinem Hans alt werden!", erklärte Veronika und die Tränen rannen über ihr Gesicht und hinterließen goldenen Streifen.
Die Elfe nickte erneut und sagte dann lächelnd:
„Alle Eure Wünsche sind erhört worden und werden erfüllt. Ihr seid glücklich und sollt es bleiben, auf ewig!"
Hans wollte sich gerade bedanken, da erhob sich jedoch die kleine Elfe und verschwand genauso, wie sie gekom-

men war. Der Sternenstaub verflüchtigte sich und nur einen kurzen Moment später, war nichts mehr zu sehen. Veronika und Hans gingen Hand in Hand zurück auf ihre Terrasse. Sie schauten sich ein letztes Mal um und konnten nicht glauben, was ihnen gerade widerfahren war. Wortlos gingen die beiden ins Haus und ins Bett.
Am nächsten Morgen, die Sonne strahlte vom Himmel, traute sich keiner der beiden, über die vergangene Nacht und das Erlebte zu sprechen. Jeder dachte, es hätte einen wundervollen Traum erlebt und wollte dieses Gefühl nicht durch einfaches und banales Reden zerstören. So machten dich die Eheleute fertig und fuhren zu dem Termin in die Klinik. Veronika sollte erneut untersucht werden und man wollte die Größe des Tumors bestimmen.
Hans wartete im Vorraum des Röntgenzimmers und hoffte, dass der Tumor nicht weiter gewachsen sei, damit er seine Veronika noch etwas länger an seiner Seite haben würde. Dann endlich öffnete sich die Tür und der Arzt forderte Hans auf, ins Besprechungszimmer zu kommen. Veronika wartete bereits und auch der Atzt nahm nun hinter seinem Schreibtisch gegenüber Platz.
„Ich habe zwei weitere Aufnahmen des Schädels machen lassen. Das Ergebnis allerdings hat mich erstaunt und daraufhin habe ich einen Kollegen zu Rate gezogen. Aber auch er ist mit mir einer Meinung: Der Tumor ist weg. Es gibt keinen Tumor mehr. Wir können und es nicht erklären. Veronika sie sind geheilt. Sie werden noch uralt und mich und meinen Kollegen überleben. Es ist ein Wunder!"

Die Besprechung dauerte noch an. Hans und Veronika allerdings wollten nur noch nach Hause. Dort angekommen fielen sie sich in die Arme und schauten sich lachend und überglücklich an.
Dann fassten sie sich an den Händen und gingen hinaus in den Garten. Auf dem Rasen vor der Terrasse blieben die beiden Eheleute stehen und schauten in den Himmel. Eine kleine weiße Wolke schwebte vorbei, so als sei nie etwas anderes dort gewesen. Dann aber, als die beiden in den Rasen schauten, entdeckten sie eine kleine goldene Münze. Hans hob sie vorsichtig hoch und betrachtet das glänzende Metall.
„Ich glaube, sie hat uns ein Geschenk hier gelassen. Schau. Wie wunderschön!", sagte Hans und reichte Veronika das kleine Präsent.

Heute sind Hans und Veronika schon mehr als fünfundzwanzig Jahre verheiratet und leben noch immer glücklich, zufrieden und gesund in ihrem kleinen Einfamilienhaus in Schleswig Holstein. Jedes Jahr zum Hochzeitstag sitzen die Liebenden auf der Terrasse und halten das kleinen Goldstückchen in der Hand und warten auf ihre kleine Elfe.

Glücksmomente eines Tages

Der Morgen, der manchmal so fordernd seine ersten Anzeichen schickt. Sonnenstrahlen, die durch das Fenster auf meine Nase fallen. Vögel, die im Garten ihr erstes Liedchen singen. Im Bett ist es warm und kuschelig. Noch einmal umdrehen, noch einige Minuten allein sein mit den Gedanken und den Wünschen an den neuen Tag. Vielleicht auch das Gestern in Gedanken noch einmal überdenken. Hoffnungen wachsen und nehmen Gestalt an. Vielleicht klappt es ja heute mit der Bewerbung für den neuen Job? Vielleicht ist das Ergebnis der letzten Untersuchung ja doch nicht so schlecht, wie ich erwartet habe? Vielleicht geht es mir heute besser als gestern? Aufstehen! Raus in das Leben. Nur so können wir erfahren, wie es mit uns weitergehen wird. Mut benötigt man dazu nicht. Da gibt es einen kleinen „Schweinehund", den muss man überwinden und dann kann der neue Tag beginnen.

Eine Tasse des duftenden Kaffees, dazu vielleicht ein Toast oder ein Müsli, ganz nach Geschmack. Etwas frisches Obst auf den Tisch. Die Äpfel duften herrlich nach Natur und strahlen uns an mit ihren roten Bäckchen. Der Baum vor dem Küchenfenster lacht uns an und in seinen Ästen turnen zwei Drosseln und singen, dass es einem das Herz aufgeht! Aus der Ferne hört man leise Stimmen, nur ein Gemurmel, nichts, was man verstehen könnte oder sollte. Aber es zeigt uns, wir sind nicht alleine.

Ein Blick auf die Uhr sagt uns, es ist Zeit! Wofür? Zeit für den Gang zum Briefkasten. Vielleicht hat uns ein freundlicher Mensch einen lieben Brief geschrieben? Im Zeitalter von Internet und Telefon schreiben die Leute viel zu selten. Klar, es ist auch einfacher schnell mal zum Hörer zu greifen. Die Nummer ist abgespeichert, einige Worte sind leichter gesprochen als geschrieben. Früher, als man noch mit Tinte und Feder schrieb! Zeit, etwas was heute knapp ist! Wer hat denn noch Zeit übrig für so etwas Unwichtiges wie einen Brief? Dabei, seien wir mal ganz ehrlich, Zeit ist etwas, was wir alle gleich zur Verfügung haben! Egal ob arm oder reich, egal ob klein oder groß, egal ob gesund oder krank. Jeder von uns hat 24 Stunden am Tag ZEIT. Nicht mehr, aber auch nicht weniger. Wir sollten sie nutzen.

Heute lag wieder kein Brief im Kasten! Schade. Aber vielleicht morgen! Die Hoffnung stirbt bekanntlich zuletzt! Es gebe da auch noch die Möglichkeit selbst einen Brief zu schrieben und damit den anderen lieben Menschen zum Scheiben aufzufordern! Nette Idee, es lohnt sich darüber nachzudenken. Vielleicht freut sich der Freund, von dem so lange nichts mehr gehört hat, über einige liebe Zeilen? Da gibt es doch noch Briefpapier, ganz unten im Schrank…

Glücksmomente. Haben wir es nicht alle selbst in der Hand uns die Momente selbst zu schaffen? Man darf nicht immer nur darauf warten, dass sie einem widerfahren. Das Glück klopft an deine Tür, du musst sie nur öffnen! Aber, so etwas passiert eben nicht zufällig! Gehen wir mit offenen Augen durch den Tag. Erfreuen wir uns an den vielen Kleinigkeiten des Alltags. Das ist bestimmt viel besser, als immer nur zu murren und zu zetern. Klar, es stört, wenn der Nachbar seinen Motor des Autos wieder viel zu lange laufen lässt. Es nervt, wenn die Kinder aus dem Obergeschoß schreiend durch das Haus nach unten rennen. Es stört mich auch, wenn im Supermarkt wieder nur eine von vier Kassen geöffnet ist. Schade um die Zeit! Das hört man ganz oft. Aber wir könnten die Zeit des Wartens doch mit einem Gespräch verkürzen. Da steht ein Mensch vor uns und hinter uns in der Schlange. Warum nicht mit ihm einige Worte wechseln? Dabei fällt mir die groteske Situation in den Fahrstühlen ein. Sie kennen es sicherlich. Die Tür öffnet sich, ein neuer Fahrgast steigt ein und schaut zuerst auf dieses kleine Metallschild: 6 Personen zugelassen oder 700 kg. Dauert die Fahrt länger schweift der Blick meist auf die Schuhe oder man dreht sich in die andere Richtung. Warum? Haben wir denn alle Berührungsängste? Haben wir Angst vor unseren Mitmenschen? Es gibt ein kubanisches Sprichwort:

> Das Leben ist kurz,
> aber ein Lächeln
> ist nur die Mühe einer Sekunde!

Es klappt, ich habe es ausprobiert.
Sollten wir nicht die Zeit, die wir auf unserer Erde haben, genießen? Jede Sekunde können uns zauberhafte Dinge widerfahren, die wir nur sehen müssen und bewusst erleben müssen. Das Leben kann so schön sein! Lassen Sie es zu!

Ich würde mich freuen, wenn Ihnen meine Worte helfen, damit auch Sie die kleinen Glücksmomente des Tages wieder erleben können!

Susanne Hottendorff wurde 1956 in Hamburg geboren. Sie arbeitete dreißig Jahre als Kundenberaterin bei einer Sparkasse. Seit 2000 leben sie und ihr Mann an der Atlantikküste Andalusiens. Bisher erschienen zahlreiche Bücher und Kurzgeschichten, einige davon spielen auch in der Wahlheimat der Autorin.

Neben dem Schreiben beschäftigt sich Susanne Hottendorff mit alternativer Medizin und natürlicher, gesunder Schönheit.

Neben einer abgeschlossenen Ausbildung zur Fachkosmetikerin absolvierte sie ein Fernstudium mit dem Berufsziel Heilpraktikerin.

Besuchen Sie die Homepage der Autorin:

www.susanne-hottendorff.com
www.ich-will-gesundheit.de